TRANZLATY

El idioma es para todos

Taal is voor iedereen

La Transformación
(*La Metamorfosis*)
De Gedaanteverwisseling

Franz Kafka

Español
Nederlands

www.tranzlaty.com

Primera parte
Deel één

Gregorio Samsa se despertó una mañana de un sueño intranquilo.

Gregor Samsa werd op een ochtend wakker uit verontrustende dromen.

Se encontró en su cama, pero incapaz de moverse.

Hij bevond zich in bed, maar kon zich niet bewegen.

Se había transformado en una alimaña monstruosa.

Hij was veranderd in een monsterlijk ongedierte.

Estaba acostado boca arriba, sobre su espalda, que estaba dura como una armadura.

Hij lag op zijn rug, die hard aanvoelde als een pantser.

Levantando un poco la cabeza podía ver su barriga.

Door zijn hoofd een beetje op te tillen, kon hij zijn buik zien.

Pero su vientre estaba abovedado y dividido en segmentos.

Maar zijn buik was gewelfd en verdeeld in segmenten.

La manta descansaba encima de su vientre redondeado.

De deken lag op zijn ronde buik.

Pero la manta estaba a punto de caerse por completo.

Maar de deken dreigde helemaal naar beneden te glijden.

Sus piernas eran lamentables comparadas con su tamaño habitual.

Zijn benen waren zielig klein in vergelijking met hun normale omvang.

Y sus muchas piernas se movían impotentes ante sus ojos.

En zijn vele poten bewogen hulpeloos voor zijn ogen.

"¿Qué me ha pasado?" pensó para sí.

'Wat is er met me gebeurd?' dacht hij bij zichzelf.

Pero no era un sueño del que no pudiera despertar.

Maar het was geen droom waaruit hij niet kon ontwaken.

En realidad era su propia habitación la que él se encontraba.

Hij bevond zich daadwerkelijk in zijn eigen kamer.

Un auténtico espacio para humanos, aunque un poco pequeño.

Een echte kamer voor mensen, maar net iets te klein.

Él yacía tranquilamente entre las cuatro paredes conocidas.
Hij lag rustig tussen de vier bekende muren.
Sobre la mesa había una colección de muestras textiles.
Op de tafel lag een verzameling textielstalen.
Samsa era un vendedor ambulante, de ahí las muestras.
Samsa was een reizende verkoper, vandaar de monsters.
Encima de las muestras textiles desmontadas había una imagen.
Boven de gedemonteerde textielmonsters hing een afbeelding.
Recientemente había recortado la imagen de una revista.
Hij had de afbeelding kort daarvoor uit een tijdschrift geknipt.
Había colocado el cuadro en un bonito marco dorado.
Hij had de foto in een mooie, vergulde lijst geplaatst.
El cuadro enmarcado mostraba a una dama sentada erguida.
Op de ingelijste foto was een dame te zien die rechtop zat.
Llevaba un gorro de piel y tenía un manguito de piel.
Ze droeg een bontmuts en een bontmouwtje.
Ella estaba levantando su mano hacia el espectador de la imagen.
Ze stak haar hand op naar de kijker van de foto.
Todo su antebrazo desapareció dentro de su pesado manguito de piel.
Haar hele onderarm verdween in haar dikke bontmouw.
Gregor miró por la ventana el clima gris.
Gregor keek door het raam naar het sombere weer.
Se podía oír fuertes gotas de lluvia golpeando la ventana.
Men kon het geluid van zware regendruppels tegen het raam horen.
El clima gris lo hacía sentir muy melancólico.
Het grijze weer maakte hem erg melancholisch.
"¿Qué tal si duermo un poco más?" pensó.
'Wat als ik nog even wat langer slaap?' dacht hij.
"Dormir más podría ayudarme a olvidar estas tonterías".
"Meer slaap zou me kunnen helpen deze onzin te vergeten."
Pero dormir más era completamente inviable.
Maar langer slapen was volstrekt onmogelijk.
Porque estaba acostumbrado a dormir sobre su lado derecho.

Omdat hij gewend was om op zijn rechterzij te slapen.

Pero su estado actual le impedía realizar sus movimientos habituales.

Maar zijn huidige toestand verhinderde hem om zich normaal te bewegen.

No tenía forma de llegar a esa posición.

Hij had zichzelf onmogelijk in deze positie kunnen brengen.

Intentó con todas sus fuerzas lanzarse hacia su lado derecho.

Hij deed zijn best om zich op zijn rechterzij te gooien.

Probablemente intentó este movimiento cientos de veces.

Hij heeft deze beweging waarschijnlijk wel honderd keer geprobeerd.

Pero él siempre volvía a la posición supina.

Maar hij zakte steeds weer terug in de rugligging.

Cerró los ojos para no ver sus piernas inquietas.

Hij sloot zijn ogen om zijn onrustige benen niet te hoeven zien.

Al final el dolor le impidió intentarlo de nuevo.

Uiteindelijk weerhield de pijn hem ervan om het opnieuw te proberen.

Un dolor sordo en el costado que nunca había sentido antes.

Een doffe pijn in zijn zij die hij nog nooit eerder had gevoeld.

«Oh Dios», pensó desesperado Gregorio Samsa.

"Oh God," dacht Gregor Samsa wanhopig bij zichzelf.

¡Qué profesión tan agotadora he elegido para mí!

"Wat een zwaar beroep heb ik toch gekozen!"

"Día tras día tengo que viajar por trabajo".

"Dag in, dag uit moet ik voor mijn werk rondreizen."

"El trabajo de oficina es mucho más fácil que trabajar fuera de casa".

"Kantoorwerk is veel gemakkelijker dan werken onderweg."

"Y tengo la maldición de tener que viajar."

"En ik heb de vloek dat ik veel moet reizen."

"Todas las preocupaciones por llegar a tiempo a los trenes."

"Al die zorgen over op tijd komen voor de trein."

"Mis horarios de comida son irregulares y la comida es mala".

"Ik eet onregelmatig en het eten is slecht."

"Mis amigos siempre están cambiando de ciudad en ciudad."
"Mijn vrienden verhuizen steeds van stad naar stad."
"Las interacciones que tengo son frías y profesionales".
"De interacties die ik heb zijn afstandelijk en professioneel."
"¡Dejad que el Diablo se divierta con este tipo de trabajos!"
"Laat de duivel zich maar vermaken met dit soort werk!"
Sintió un ligero picor en la parte superior del estómago.
Hij voelde een lichte jeuk boven op zijn buik.
Se apoyó contra el poste de la cama, con la espalda.
Hij drukte zich met zijn rug tegen de bedpaal.
Quería poder levantar mejor la cabeza.
Hij wilde zijn hoofd beter omhoog kunnen houden.
Encontró el punto que le picaba y le molestaba.
Hij vond de jeukende plek die hem dwarszat.
Su cabeza parecía estar cubierta de pequeños puntos blancos.
Zijn hoofd leek bedekt te zijn met kleine witte puntjes.
No podía decir qué eran esos pequeños puntos blancos.
Wat die kleine witte puntjes waren, kon hij niet zeggen.
Había planeado tocar el lugar con una de sus piernas.
Hij was van plan geweest de plek met een van zijn benen aan te raken.
Pero cuando tocó el lugar sintió un extraño escalofrío.
Maar toen hij de plek aanraakte, voelde hij een vreemde rilling.
Entonces inmediatamente retiró la pierna del lugar.
Hij trok zijn been dus onmiddellijk van die plek weg.
No tuvo más remedio que aceptar la sensación de picazón.
Hij had geen andere keus dan het jeukende gevoel te accepteren.
Y volvió a su posición anterior en la cama.
En hij keerde terug naar zijn vorige positie in bed.
"Despertarse tan temprano realmente te vuelve bastante estúpido".
"Zo vroeg opstaan maakt je echt behoorlijk dom."
"Un hombre debe dormir lo suficiente", pensó.
'Een mens moet genoeg slapen,' dacht hij bij zichzelf.

"**Los demás vendedores ambulantes viven una vida de lujo.**"
"De andere handelsreizigers leiden een luxeleven."
"**Por la mañana transfiero los pedidos que he recibido.**"
" 's Ochtends verwerk ik de bestellingen die ik heb ontvangen."
"**Mientras tanto esos señores todavía están desayunando.**"
"Ondertussen zijn die heren nog steeds aan het ontbijten."
"**Imagínese si intentara hacer eso con mi jefe**".
"Stel je eens voor dat ik dat bij mijn baas zou proberen."
"**Me despediría antes de terminar mi desayuno.**"
"Hij zou me ontslaan voordat ik mijn ontbijt op had."
"**Pero quizá eso tampoco sería lo peor.**"
"Maar misschien zou dat ook niet het ergste zijn."
"**El problema es que mis padres me están frenando**".
"Het probleem is dat mijn ouders me tegenhouden."
"**Si no fuera por ellos ya habría dimitido.**"
"Als zij er niet waren geweest, had ik al ontslag genomen."
"**Me habría enfrentado al jefe y se lo habría dicho**".
"Ik zou tegen de baas in zijn gegaan en het hem gezegd hebben."
"**Diría exactamente lo que pienso de él y del trabajo**".
"Ik zou precies zeggen wat ik van hem en zijn baan vind."
"**¡Se caería del escritorio si le contara todo!**"
"Hij zou van zijn bureau vallen als ik hem alles vertelde!"
"**Es muy extraña la forma en que se sienta en su escritorio**".
"Het is heel vreemd hoe hij op zijn bureau zit."
"**La forma en que habla con sus subordinados no es correcta**".
"De manier waarop hij met zijn ondergeschikten praat, is niet goed."
"**Y lo peor es que su audición es muy pobre**".
"En het ergste is dat hij zo slecht hoort."
"**Así que no te queda otra opción que sentarte muy cerca de él.**"
"Je hebt dus geen andere keus dan heel dicht bij hem te gaan zitten."

Pero dicho todo esto, la esperanza no está completamente perdida todavía.

"Maar desondanks is de hoop nog niet helemaal verloren."

"Ahorraré el dinero para pagar la deuda de mis padres".

"Ik ga het geld sparen om de schulden van mijn ouders af te betalen."

"No puedo hacer nada mientras todavía le deban dinero".

"Ik kan niets doen zolang ze hem nog geld schuldig zijn."

"Pero cuando la deuda esté pagada definitivamente lo haré."

"Maar als de schuld is afbetaald, zal ik het zeker doen."

"Probablemente tomará otros cinco o seis años."

"Het zal waarschijnlijk nog vijf tot zes jaar duren."

"Sí, entonces definitivamente se hará la gran separación".

"Ja, dan zal de grote scheiding zeker plaatsvinden."

"Por el momento, sin embargo, debo levantarme de la cama."

"Voorlopig moet ik echter wel uit bed komen."

"Porque mi tren sale a las cinco en punto."

"Omdat mijn trein om vijf uur vertrekt."

Gregor miró el despertador que sonaba sobre la mesa.

Gregor keek naar de tikkende wekker op tafel.

"¡Padre Celestial!" pensó al ver la hora.

"Hemelse Vader!" dacht hij toen hij op de klok keek.

Las seis y media ya habían pasado silenciosamente.

Half zeven was al geruisloos voorbij.

Y las manecillas del reloj seguían avanzando.

En de wijzers van de klok bleven vanzelf vooruit bewegen.

Y ahora se acercaba la cuarta hora menos cuarto.

Het was inmiddels bijna kwart voor zeven.

"¿Quizás la alarma no sonó para despertarme?", pensó.

'Misschien is de wekker niet afgegaan om me wakker te maken?' dacht hij.

Desde la cama Gregor inspeccionó el despertador.

Vanuit zijn bed bekeek Gregor de wekker.

El despertador estaba programado exactamente para las cuatro.

De wekker stond correct ingesteld op vier uur.

No podía explicarlo, pero la alarma debió haber sonado.

Hij kon het niet verklaren, maar het alarm moet zijn afgegaan.
"¿Cómo pude dormirme a pesar de la alarma sin darme cuenta?"
"Hoe heb ik de wekker gemist zonder het te weten?"
Cuando suena la alarma incluso sacude los muebles.
Als het alarm afgaat, trilt zelfs het meubilair ervan.
Sabía que su sueño no había sido para nada tranquilo.
Hij wist dat hij helemaal niet rustig had geslapen.
Pero quizá por eso su sueño era mucho más profundo.
Maar misschien was dat wel de reden waarom hij veel dieper sliep.
Tenía que pensar qué debía hacer ahora.
Hij moest bedenken wat hij nu moest doen.
El siguiente tren no salía hasta las siete.
De volgende trein vertrok pas om zeven uur.
Coger ese tren sería casi imposible.
Het zou vrijwel onmogelijk zijn om die trein te halen.
Y aún no había empacado los textiles que necesitaba.
En hij had de benodigde textielwaren nog niet ingepakt.
Tampoco se sentía especialmente fresco y ágil.
Hij voelde zich ook niet bepaald fris en energiek.
Quizás había una posibilidad de subir al tren.
Misschien was er een kans om de trein te halen.
Pero de todas formas, un regaño por parte del jefe era inevitable.
Maar een berisping van de baas was hoe dan ook onvermijdelijk.
El empleado habría subido al tren de las cinco.
De klerk zou de trein van vijf uur hebben genomen.
El oficinista era una criatura sin carácter del jefe.
De kantoorbediende was een ruggengraatloos schepsel van de baas.
Así que la ausencia de Gregor ya habría sido informada.
Gregors afwezigheid zou dus al gemeld zijn.
"¿Qué pasa si llamo para avisar que estoy enfermo?" Gregor estaba pensando.
"Wat als ik me ziek meld?" vroeg Gregor zich af.

Pero eso sería extremadamente embarazoso y sospechoso.
Maar dat zou buitengewoon gênant en verdacht zijn.
Gregor nunca había estado enfermo durante el tiempo que trabajó allí.
Gregor was in de tijd dat hij daar werkte nooit ziek geweest.
Y ya les había dado cinco años de servicio.
En hij had hen al vijf jaar in dienst gehad.
Lo más probable era que el jefe viniera a ver cómo estaba.
De kans was groot dat de baas even langs zou komen om te kijken hoe het met hem ging.
Probablemente traería al médico del seguro médico.
Hij zou waarschijnlijk de arts van de zorgverzekering meenemen.
Y culparía a los padres por la pereza de su hijo.
En hij gaf de ouders de schuld van hun luie zoon.
No podrían hacerle ninguna objeción.
Ze zouden geen enkel bezwaar tegen hem kunnen maken.
Porque para él sólo había dos clases de trabajadores.
Want voor hem bestonden er maar twee soorten arbeiders.
O bien los trabajadores estaban completamente sanos o bien eran reacios al trabajo.
Ofwel waren de werknemers kerngezond, ofwel hadden ze een hekel aan werken.
¿Y estaría equivocado en ese análisis básico?
En zou hij in die fundamentele analyse überhaupt ongelijk hebben?
Ciertamente, en este caso tenía un argumento sólido.
Hij had in dit geval zeker een sterk argument.
A pesar de su apariencia, Gregor en realidad se sentía bastante bien.
Ondanks zijn uiterlijk voelde Gregor zich eigenlijk best goed.
El sueño innecesariamente largo lo dejó un poco somnoliento.
Door het onnodig lange slapen was hij een beetje slaperig geworden.
Pero aparte de eso no podía quejarse de enfermedad.
Maar afgezien daarvan had hij geen reden tot ziekte.

Incluso sintió un hambre especialmente fuerte y saludable.

Hij voelde zelfs een bijzonder sterke en gezonde honger.

Mientras pensaba estos pensamientos el reloj volvió a sonar.

Terwijl hij deze gedachten overwoog, sloeg de klok opnieuw.

Según la alarma eran ya las siete menos cuarto.

Volgens de wekker was het nu kwart voor zeven.

Y ahora también se oyó un suave golpe en la puerta.

En nu klonk er ook een zacht klopje op de deur.

—Gregor —lo llamó alguien. Era la madre.

"Gregor," riep iemand hem toe – het was zijn moeder.

"Son las siete menos cuarto", confirmó la alarma.

"Het is kwart voor zeven," bevestigde ze het alarm.

¿No querías irte?, preguntó la suave voz.

'Wilde je niet weggaan?' vroeg de zachte stem.

Gregor se asustó cuando oyó su voz respondiendo.

Gregor schrok toen hij zijn eigen stem hoorde antwoorden.

La voz seguía siendo la voz que siempre tuvo.

Zijn stem was nog steeds dezelfde als altijd.

Pero ahora había un nuevo sonido mezclado en su voz.

Maar er klonk nu een nieuw geluid door in zijn stem.

Desde lo más profundo de él también salió un doloroso chillido.

Vanuit zijn binnenste kwam ook een pijnlijk piepje naar buiten.

Al principio su voz parecía formar palabras con claridad.

Aanvankelijk leek hij de woorden helder te vormen.

Pero entonces Gregor escuchó el eco mental de su voz.

Maar toen hoorde Gregor de mentale echo van zijn eigen stem.

La grabación de su voz se interrumpió de una manera extraña.

De opname van zijn stem is op een vreemde manier onderbroken.

Y no estaba seguro de si había escuchado las cosas correctamente.

En hij wist niet zeker of hij het wel goed had verstaan.

Gregor sintió un profundo deseo de dar una respuesta detallada.

Gregor voelde een sterk verlangen om een gedetailleerd antwoord te geven.

Quería explicarle todo claramente a su madre.

Hij wilde alles duidelijk aan zijn moeder uitleggen.

Pero, dadas las circunstancias, tuvo que limitarse.

Maar gezien de omstandigheden moest hij zich inhouden.

Y respondió mucho más breve de lo que le hubiera gustado.

En hij antwoordde veel korter dan hij had gewild.

-Sí madre, no te preocupes, gracias, ya estoy levantado.

"Ja moeder, maak je geen zorgen, dank je wel, ik ben al wakker."

La puerta de madera probablemente ayudó a amortiguar su voz.

De houten deur hielp waarschijnlijk om zijn stem te dempen.

Desde fuera el cambio en la voz de Gregor pasó desapercibido.

Buiten bleef de verandering in Gregors stem onopgemerkt.

La madre pareció estar satisfecha con su explicación.

De moeder leek tevreden met zijn uitleg.

Y ella se fue de nuevo tan silenciosamente como había llegado.

En ze vertrok weer net zo stil als ze gekomen was.

Pero la pequeña conversación tuvo un efecto no deseado.

Maar het korte gesprek had een ongewenst effect.

Llamó la atención de los demás miembros de la familia.

Hij trok de aandacht van de andere familieleden.

Gregor todavía estaba en casa y no había ido a trabajar.

Gregor was nog thuis en was niet naar zijn werk gegaan.

Y ahora el padre también llamó a la puerta lateral.

En nu klopte ook de vader op de zijdeur.

Golpeó débilmente, pero decidido, con el puño.

Hij klopte zwakjes, maar vastberaden, met zijn vuist.

—Gregor, Gregor —gritó—, ¿cuál es el problema?

'Gregor, Gregor,' riep hij, 'wat is er aan de hand?'

Al cabo de un rato volvió a advertir con voz más grave.

Na een korte tijd waarschuwde hij opnieuw, maar nu met een diepere stem.

Pero ahora la hermana llamó a la puerta del otro lado.

Maar aan de andere deur klopte de zus nu aan.

"¿Gregor? ¿No te encuentras bien?", preguntó en voz baja.

'Gregor? Gaat het niet goed met je?' vroeg ze zachtjes.

"¿Necesitas algo?" preguntó preocupada.

'Is er iets wat je nodig hebt?', vroeg ze bezorgd.

Gregor respondió a ambas partes: "Ya he terminado".

Gregor antwoordde beide partijen: "Ik ben al klaar."

Había hecho todo lo posible para pronunciar todas las palabras con cuidado.

Hij had zijn best gedaan om alle woorden zorgvuldig uit te spreken.

Y eliminó todo lo que era llamativo en su voz.

En hij verwijderde alles wat opviel aan zijn stem.

El padre también parecía satisfecho con la respuesta.

Ook de vader leek tevreden met het antwoord.

Y regresó a su desayuno inacabado.

En hij keerde terug naar zijn onafgemaakte ontbijt.

Pero la hermana susurró: "Gregor, ábreme, te lo ruego".

Maar de zus fluisterde: "Gregor, doe open, ik smeek je."

Pero su preocupación por él no podía conmoverlo de ninguna manera.

Maar haar bezorgdheid voor hem kon hem op geen enkele manier bewegen.

Gregor no tenía intención de abrirle la puerta.

Gregor was niet van plan de deur voor haar open te doen.

Había adquirido algunos hábitos de cautela al viajar.

Door zijn reizen had hij een aantal voorzichtige gewoontes ontwikkeld.

Y se alababa a sí mismo por haber cerrado las puertas.

En hij prees zichzelf omdat hij de deuren op slot had gedaan.

Primero quiso levantarse tranquilamente y a su propio ritmo.

Eerst wilde hij rustig opstaan wanneer het hem uitkwam.

Y sin que nadie le molestara quiso vestirse.

En hij wilde zich aankleden zonder gestoord te worden.

Una vez logrado esto, quiso entonces desayunar.

Toen dat gelukt was, wilde hij ontbijten.
Sólo entonces quiso reflexionar más sobre la situación.
Pas toen wilde hij de situatie nader bekijken.
Sabía que no tenía sentido hacer planes en la cama.
Hij wist dat het geen zin had om plannen te maken in bed.
Sería imposible llegar a una conclusión sensata.
Het bereiken van een verstandige conclusie zou onmogelijk zijn.
Había habido otras ocasiones en las que se despertó con dolores leves.
Er waren al vaker momenten geweest dat hij wakker werd met lichte pijn.
Estos dolores siempre resultaban ser pura imaginación.
Deze pijnen bleken altijd puur verbeelding te zijn.
Al levantarme de la cama el dolor invariablemente desaparecía.
Bij het uit bed stappen verdween de pijn steevast.
Tenía curiosidad por ver qué pasaría con esas ideas.
Hij was benieuwd wat er met deze ideeën zou gebeuren.
El cambio en su voz probablemente se debió sólo a un resfriado.
De verandering in zijn stem kwam waarschijnlijk gewoon door een verkoudheid.
Los resfriados son simplemente un riesgo laboral para los viajeros.
Verkoudheid is nu eenmaal een beroepsrisico voor reizigers.
No tenía ninguna duda de que ésa era la explicación lógica.
Hij twijfelde er niet aan dat dat de logische verklaring was.
Logró quitarse la manta de encima con facilidad.
Het lukte hem gemakkelijk om de deken van zich af te krijgen.
Lo único que tenía que hacer era inhalar e inflarse.
Het enige wat hij hoefde te doen, was inademen en zichzelf opblazen.
La manta se deslizó de su cuerpo y cayó al suelo.
De deken gleed van zijn lichaam af en viel op de vloer.
Su cuerpo increíblemente ancho dificultaba otras cosas.
Zijn ongelooflijk brede lichaam maakte andere dingen lastig.

Habría necesitado brazos y manos para ponerse de pie.
Hij zou armen en handen nodig hebben gehad om te kunnen staan.
Pero ya no tenía las extremidades que solía tener.
Maar hij had niet meer de ledematen die hij vroeger had.
En lugar de brazos y manos tenía muchas piernas pequeñas.
In plaats van armen en handen had hij heel veel kleine beentjes.
Y sus piernas se movían constantemente, sin su control.
En zijn benen bewogen voortdurend, zonder dat hij er controle over had.
Intentó doblar una pierna, pero en lugar de eso se estiró.
Hij probeerde een been te buigen, maar in plaats daarvan strekte het zich uit.
Finalmente logró controlar una pierna.
Hij slaagde er uiteindelijk in om één been onder controle te krijgen.
Pero luego se liberó el movimiento de las otras piernas.
Maar toen werd de beweging van de andere benen vrijgegeven.
Y todas sus piernas se crisparon de extrema excitación.
En al zijn benen trilden van extreme opwinding.
Primero quería sacar la parte inferior de su cuerpo de la cama.
Eerst wilde hij zijn onderlichaam uit bed tillen.
Pero en realidad aún no había visto la parte inferior de su cuerpo.
Maar hij had zijn onderlichaam nog niet gezien.
Y, de todas formas, resultó demasiado difícil mover esta pieza.
En het bleek sowieso te moeilijk om dit onderdeel te verplaatsen.
Finalmente, con todas sus fuerzas, realizó un movimiento salvaje.
Ten slotte, met al zijn kracht, maakte hij een wilde beweging.
Sin más vacilación, avanzó.
Zonder verder aarzelen bewoog hij zich naar voren.

Pero había elegido la dirección equivocada.
Maar hij had de verkeerde richting gekozen.
Golpeó violentamente su cuerpo contra el poste inferior de la cama.
Hij sloeg zijn lichaam met geweld tegen de onderste bedpaal.
El dolor ardiente que sintió le enseñó una valiosa lección.
De brandende pijn die hij voelde, leerde hem een waardevolle les.
La parte inferior de su cuerpo era quizás más sensible.
Het onderste deel van zijn lichaam was wellicht gevoeliger.
Entonces intentó sacar primero la parte superior del cuerpo de la cama.
Dus probeerde hij eerst zijn bovenlichaam uit bed te krijgen.
Giró cuidadosamente la cabeza en la dirección correcta.
Hij draaide zijn hoofd voorzichtig in de juiste richting.
Y pronto su cabeza estaba mirando hacia el borde de la cama.
En al snel lag zijn hoofd op de rand van het bed.
Este movimiento cauteloso en realidad fue fácil para él.
Deze voorzichtige beweging was voor hem eigenlijk gemakkelijk.
Y su anchura y peso no detuvieron su movimiento.
Zijn omvang en gewicht belemmerden zijn beweging niet.
La masa de su cuerpo siguió lentamente el giro de la cabeza.
De massa van zijn lichaam volgde langzaam de draaiing van zijn hoofd.
Pero luego sostuvo su cabeza sobre el borde de la cama.
Maar toen liet hij zijn hoofd over de rand van het bed hangen.
Y se enfrentó a un nuevo miedo en el que aún no había pensado.
En hij werd geconfronteerd met een nieuwe angst waar hij nog niet aan had gedacht.
Avanzar más por este camino podría ser peligroso.
Verdergaan op deze manier kan gevaarlijk zijn.
Había pensado que simplemente se dejaría caer.
Hij had gedacht dat hij zich gewoon zou laten vallen.
Pero sería un milagro si no se lesionara la cabeza.
Het zou een wonder zijn als hij geen hoofdletsel opliep.

Ahora no era el momento de arriesgarse a perder el conocimiento.

Dit was niet het moment om het risico te lopen bewusteloos te raken.

Quizás sería mejor quedarse en la cama después de todo.

Misschien is het toch beter om in bed te blijven liggen.

Pero luego tuvo que hacer el mismo esfuerzo para regresar.

Maar vervolgens moest hij dezelfde inspanning leveren om terug te komen.

Después de todo ese esfuerzo él estaba tendido allí igual que antes.

Na al die inspanning lag hij daar nog steeds, net als voorheen.

Y ahora sus piernas parecían incluso más enojadas que antes.

En nu leken zijn benen nog bozer dan ze al waren.

Los movimientos de sus piernas se habían vuelto aún más incontrolables.

De bewegingen van zijn benen waren nog oncontroleerbaarder geworden.

No veía manera de salir de la situación en la que se encontraba.

Hij zag geen uitweg uit de situatie waarin hij zich bevond.

De este caos no fue posible sacar la paz ni el orden.

Vrede en orde konden niet uit deze chaos voortkomen.

Pero sabía que quedarse en la cama tampoco era una opción.

Maar hij wist dat in bed blijven ook geen optie was.

Sacrificarlo todo era la opción más sensata.

Alles opofferen was de meest verstandige optie.

Se aferró a la más mínima esperanza de levantarse de la cama.

Hij klampte zich vast aan de kleinste hoop om uit bed te kunnen komen.

Si lo hubiera conseguido, todo riesgo habría valido la pena.

Als hij hierin zou slagen, zou elk risico de moeite waard zijn geweest.

Pero al mismo tiempo también recordó algo más.

Maar tegelijkertijd herinnerde hij zich ook nog iets anders.

"Mejores que decisiones desesperadas son reflexiones tranquilas."
"Rustige overpeinzingen zijn beter dan overhaaste beslissingen."
Con todo su esfuerzo centró su mirada en la ventana.
Met al zijn kracht richtte hij zijn blik op het raam.
Pero lo que vio le trajo poca confianza y alegría.
Maar wat hij zag, gaf hem weinig vertrouwen en vrolijkheid.
La niebla de la mañana cubría toda la estrecha calle.
De ochtendmist bedekte de hele smalle straat.
El despertador volvió a sonar; ahora eran las siete.
De wekker ging weer af; het was nu zeven uur.
"Ya son las siete y todavía hay mucha niebla."
"Het is al zeven uur en er is nog steeds zo'n dichte mist."
Durante un rato permaneció en silencio, respirando débilmente.
Een tijdlang lag hij stil, slechts zwak ademend.
Quizás un poco de quietud traería algo de normalidad.
Misschien zou wat stilte voor wat normaliteit zorgen.
Un silencio absoluto podría provocar las condiciones reales.
Volledige stilte zou de werkelijke omstandigheden aan het licht kunnen brengen.
Pero antes de que el reloj volviera a sonar, rompió el silencio.
Maar voordat de klok weer sloeg, verbrak hij de stilte.
"Antes de que el reloj vuelva a sonar, debo levantarme de la cama."
"Voordat de klok weer slaat, moet ik uit bed zijn."
"Para entonces tengo que estar totalmente fuera de la cama."
"Ik moet dan absoluut helemaal uit bed zijn."
"Después de las siete y cuarto la oficina enviará a alguien."
"Na kwart over zeven stuurt het kantoor iemand."
"Porque la oficina abrió antes de las siete."
"Omdat het kantoor voor zeven uur openging."
Y ahora empezó a balancear su cuerpo fuera de la cama.
En nu begon hij zich uit bed te bewegen.

Había abandonado el centrarse en la parte superior o inferior de su cuerpo.

Hij had de focus op zijn boven- of onderlichaam opgegeven.

Todo el largo de su cuerpo tuvo que salir de la cama.

Zijn hele lichaam moest uit bed komen.

Caer de esa manera debería proteger su cabeza, pensó.

Door op deze manier te vallen, zou zijn hoofd beschermd moeten zijn, dacht hij.

Había planeado levantar la cabeza cuando cayera al suelo.

Hij was van plan geweest zijn hoofd op te tillen zodra hij op de grond terechtkwam.

La parte posterior de su cuerpo parecía lo suficientemente dura para el impacto.

Zijn rug leek stevig genoeg om de impact op te vangen.

Y la alfombra estaba allí para suavizar el aterrizaje.

Het tapijt was er om de landing te verzachten.

Sin embargo, su mayor preocupación era el fuerte ruido.

Zijn grootste zorg was echter het harde lawaai.

El ruido estrepitoso asustaría a todos en la casa.

Het krakende geluid zou iedereen in huis de stuipen op het lijf jagen.

Quizás no les daría miedo el ruido fuerte.

Misschien zouden ze niet bang zijn voor het harde geluid.

Pero seguramente se preocuparían si oyeran eso.

Maar ze zouden zich ongetwijfeld zorgen maken als ze het hoorden.

Pero había que correr el riesgo de llamar la atención.

Maar het risico om aandacht te trekken moest genomen worden.

El nuevo método era más un juego que un esfuerzo.

De nieuwe methode was meer een spel dan een inspanning.

Tuvo que balancear su cuerpo con movimientos bruscos y espasmódicos.

Hij moest zijn lichaam in plotselinge en schokkerige bewegingen heen en weer schudden.

Gregor ya estaba medio levantado de la cama.

Gregor was al half uit bed gekomen.

Ahora se le ocurrió una idea nueva.
Nu kwam er ineens een nieuwe gedachte bij hem op.
"Todo sería tan fácil si alguien viniera en mi ayuda."
"Het zou allemaal zo veel makkelijker zijn als iemand me te hulp zou schieten."
"Dos personas fuertes serían suficientes."
"Twee sterke personen zouden volkomen voldoende zijn."
Su padre y la criada serían lo suficientemente fuertes.
Zijn vader en de dienstmeid zouden sterk genoeg zijn.
Sólo tendrían que deslizar los brazos bajo su espalda.
Ze hoefden alleen maar hun armen onder zijn rug te schuiven.
Y luego pudieron sacarlo fácilmente de la cama.
En dan konden ze hem gemakkelijk uit bed halen.
Quizás habrían tenido que bajarle el peso poco a poco.
Wellicht hadden ze zijn gewicht geleidelijk moeten verlagen.
Ojalá entonces las piernas hubieran encontrado su propósito.
Hopelijk zouden de poten dan hun doel hebben gevonden.
¿No sería mejor después de todo pedir ayuda?
"Zou het uiteindelijk niet beter zijn om hulp in te roepen?"
El problema, por supuesto, era que había cerrado las puertas.
Het probleem was natuurlijk dat hij de deuren op slot had gedaan.
Había algo en ese pensamiento que le hacía cosquillas.
Er was iets aan die gedachte dat hem amuseerde.
Y a pesar de sus dificultades, no pudo evitar esbozar una sonrisa.
En ondanks zijn moeilijkheden kon hij een glimlach niet onderdrukken.
Ya estaba cerca de perder el equilibrio.
Hij stond nu al op het punt zijn evenwicht te verliezen.
Cada movimiento lo acercaba más a caerse de la cama.
Elke zwaai bracht hem dichter bij het punt waarop hij van het bed zou vallen.
Pronto tendría que tomar la decisión final.
Hij zou binnenkort de definitieve beslissing moeten nemen.
En cinco minutos serían las siete y cuarto.

Over vijf minuten was het kwart over zeven.
Mientras pensaba estos pensamientos, sonó el timbre.
Terwijl hij zo dacht, ging de deurbel.
"Es alguien de la oficina", se dijo.
'Dat is iemand van kantoor,' dacht hij bij zichzelf.
Y casi se quedó paralizado de miedo ante la visita.
En hij verstijfde bijna van angst door de bezoeker.
Sus piernas bailaron aún más salvajemente que antes.
Zijn benen bewogen nog wilder dan voorheen.
Pero luego, por un momento, todo quedó en silencio.
Maar toen bleef het even stil.
"No abrirán la puerta", se dijo Gregor.
'Ze doen de deur niet open,' dacht Gregor bij zichzelf.
Todavía estaba atrapado en una esperanza sin sentido.
Hij was nog steeds verstrikt in een of andere zinloze hoop.
Pero luego, por supuesto, la criada se dirigió a la puerta.
Maar toen liep de dienstmeid natuurlijk naar de deur.
Y como siempre, le abrió la puerta al visitante.
En zoals altijd opende ze de deur voor de bezoeker.
A Gregor le bastó con oír el primer saludo del visitante.
Gregor hoefde alleen maar de eerste begroeting van de
bezoeker te horen.
Pudo saber inmediatamente quién había venido a buscarlo.
Hij kon meteen zien wie hem kwam halen.
**El propio jefe de oficina había venido a ver cómo estaba
Samsa.**
De hoofdambtenaar was zelf langsgekomen om Samsa te
controleren.
¿Por qué Gregor fue el único condenado a este destino?
Waarom was Gregor de enige die tot dit lot veroordeeld was?
¿Por qué sólo él tuvo que servir en tal organización?
Waarom moest alleen hij in zo'n organisatie dienen?
**El más mínimo descuido despertaba inmediatamente
sospechas.**
De geringste vergissing wekte onmiddellijk argwaan.
**¿Todos los empleados que trabajaban allí eran unos
sinvergüenzas?**

Waren alle werknemers die daar werkten schurken?
¿No había entre ellos ninguna persona fiel y devota?
Was er dan niemand onder hen die trouw en toegewijd was?
¿No podrían haber enviado simplemente un aprendiz?
Hadden ze niet gewoon een leerling kunnen sturen?
¿Era realmente necesario todo este cuestionamiento?
Was al die ondervraging wel echt nodig?
¿El representante autorizado tenía que venir personalmente?
Moest de gemachtigde vertegenwoordiger zelf komen?
¿Había que informar a toda la familia inocente?
Moest het hele onschuldige gezin op de hoogte worden
gebracht?
Todas estas consideraciones impulsaron a Gregor a actuar.
Al deze overwegingen brachten Gregor ertoe in actie te
komen.
Se levantó de la cama con todas sus fuerzas.
Hij slingerde zich met al zijn kracht uit bed.
**Se escuchó un fuerte estallido, pero no era realmente un
ruido.**
Er klonk een harde knal, maar het was eigenlijk geen geluid.
La caída había sido ligeramente suavizada por la alfombra.
De klap was door het tapijt enigszins opgevangen.
Su espalda era más elástica de lo que Gregor había pensado.
Zijn rug was elastischer dan Gregor had gedacht.
Así que el sonido era más apagado y no tan perceptible.
Het geluid was dus doffer en minder opvallend.
Pero no había cuidado su cabeza durante la caída.
Maar hij had tijdens de val niet goed op zijn hoofd gelet.
Y cuando golpeó el suelo también se golpeó la cabeza.
En toen hij op de grond viel, stootte hij ook zijn hoofd.
Se frotó la cabeza contra la alfombra con rabia y dolor.
Hij wreef woedend en pijnlijk met zijn hoofd over het tapijt.
Pero el gerente de la habitación de al lado escuchó el ruido.
Maar de manager in de kamer ernaast hoorde het lawaai.
"Algo cayó allí", observó correctamente.
"Er is iets in gevallen," merkte hij terecht op.
Gregor intentó imaginarse al gerente en su situación.

Gregor probeerde zich in te leven in de situatie van de manager.

"¿Podría pasarle lo mismo a él?" se preguntó.

'Zou hem hetzelfde kunnen overkomen?' vroeg hij zich af.

Aceptó que este extraño acontecimiento pudiera ser posible.

Hij accepteerde dat deze vreemde gebeurtenis mogelijk kon zijn.

Y entonces el jefe de oficina dio unos pasos hacia la habitación.

Vervolgens liep de hoofdsecretaris een paar stappen naar de kamer.

Fue casi una respuesta burda a la pregunta que hizo.

Het was bijna een bot antwoord op de vraag die hij stelde.

Sus botas de cuero crujieron cuando se acercó a la puerta.

Zijn leren laarzen kraakten toen hij de deur naderde.

Desde la habitación de su derecha su criada le susurró:

Vanuit de kamer aan zijn rechterkant fluisterde zijn dienstmeid hem toe.

Gregor, el representante autorizado está aquí.

"Gregor, de gemachtigde, is hier."

—Lo sé —dijo Gregor, pero sólo en voz baja, para sí mismo.

'Ik weet het,' zei Gregor, maar alleen zachtjes tegen zichzelf.

No se atrevió a levantar la voz por encima de un susurro.

Hij durfde zijn stem niet boven een fluistertoon te verheffen.

Porque Gregor no quería que su hermana lo oyera.

Omdat Gregor niet wilde dat zijn zus hem hoorde.

—Gregor —dijo el padre desde la habitación de la izquierda.

"Gregor," zei de vader vanuit de kamer aan de linkerkant.

"El gerente ha venido a comprobar cuál es el problema".

"De manager is langsgekomen om te kijken wat het probleem is."

"Él te preguntó por qué no saliste en el tren temprano."

"Hij vroeg waarom je niet met de vroege trein bent vertrokken."

"No sabemos qué decirle", dijo el padre.

"We weten niet wat we tegen hem moeten zeggen," zei de vader.

"**Por cierto, también quiere hablar contigo personalmente.**"

"Overigens wil hij ook graag persoonlijk met u spreken."

"**Por favor, abre la puerta para que pueda hablar contigo.**"

"Doe de deur open, zodat hij met u kan praten."

"**Tendrá la amabilidad de disculpar el desorden en la habitación**".

"Hij zal zo vriendelijk zijn om de rommel in de kamer te vergeven."

"**Buenos días, señor Samsa**", le saludó el gerente.

"Goedemorgen, meneer Samsa," riep de manager hem toe.

Y ciertamente le habló de manera amistosa.

En hij sprak hem inderdaad op een vriendelijke manier aan.

"**No está bien**", le dijo la madre al gerente.

"Het gaat niet goed met hem," zei de moeder tegen de manager.

"**No se encuentra bien en absoluto, créame, querido gerente.**"

"Het gaat helemaal niet goed met hem, geloof me maar, beste manager."

¿Por qué si no, Gregor perdería el tren de la mañana?

"Waarom zou Gregor anders de ochtendtrein missen?"

"**El chico no tiene nada en la cabeza excepto el negocio.**"

"De jongen heeft niets anders aan zijn hoofd dan de zaak."

"**Casi me molesta que no haga nada más**".

"Het irriteert me bijna dat hij verder niets doet."

"**Me gustaría que saliera por las noches a tomar aire fresco**".

"Ik wou dat hij 's avonds eens naar buiten ging voor de frisse lucht."

"**Estuvo en la ciudad ocho días por negocios.**"

"Hij was acht dagen in de stad voor zaken."

"**Pero él estaba en casa todas esas noches**"

"Maar hij was die avonden wel gewoon thuis."

"**Se sienta en nuestra mesa y lee el periódico**".

"Hij zit aan onze tafel en leest de krant."

"**En otras ocasiones, estudia los horarios de los trenes.**"

"Op andere momenten bestudeert hij de dienstregelingen van de treinen."

"**A veces se mantiene ocupado con la carpintería**".

"Soms houdt hij zich bezig met timmerwerk."
"Por ejemplo, talló un pequeño marco de madera para cuadros".
"Hij sneed bijvoorbeeld een klein houten fotolijstje uit."
"Estuvo ocupado con la sierra durante dos o tres tardes".
"Gedurende twee of drie avonden was hij druk bezig met de zaag."
"Te sorprenderá lo bonito que es el marco de fotos".
"U zult versteld staan hoe mooi de fotolijst is."
"Ha colgado el marco de fotos en su habitación."
"Hij heeft de fotolijst in zijn kamer opgehangen."
"Cuando abra la puerta veréis su carpintería."
"Als hij de deur opent, zie je zijn houtsnijwerk."
"Por cierto, me alegro de que esté aquí, señor Prokurist".
"Overigens, ik ben blij dat u hier bent, meneer Prokurist."
"Solos no habríamos podido lograr que Gregor abriera la puerta."
"Wij alleen hadden Gregor er niet toe kunnen bewegen de deur open te doen."
"Es muy terco", le confesó su madre al empleado.
"Hij is zo koppig," bekende zijn moeder aan de winkelbediende.
"Ciertamente está enfermo, aunque antes lo negó".
"Hij is zeker niet in orde, hoewel hij dat eerder ontkende."
"Estaré allí enseguida", dijo Gregor lentamente y con cuidado.
"Ik kom er meteen aan," zei Gregor langzaam en voorzichtig.
Pero no hizo ningún movimiento hacia la puerta de la habitación.
Maar hij maakte geen aanstalten om naar de deur van de kamer te gaan.
No quería perderse ni una palabra de la conversación.
Hij wilde geen woord van het gesprek missen.
El secretario jefe estuvo de acuerdo con la evaluación de la madre.
De hoofdambtenaar was het eens met de beoordeling van de moeder.

-Tampoco puedo explicarlo de otra manera, señora.

"Ik kan het ook niet anders uitleggen, mevrouw."

"Esperemos que no tenga ninguna enfermedad grave", dijo.

"Laten we allemaal hopen dat hij geen ernstige ziekte heeft," zei hij.

"Por otro lado, es un peligro en nuestra industria".

"Aan de andere kant vormt het een risico in onze branche."

"Nosotros, los empresarios, a menudo tenemos que superar el malestar."

"Wij zakenmensen moeten vaak ongemakken overwinnen."

"Los profesionales simplemente tienen que aguantar los dolores leves".

"Professionals moeten gewoon even door kleine pijntjes heen bijten."

Mientras tanto su padre volvió a llamar a la otra puerta.

Ondertussen klopte zijn vader weer op de andere deur.

"¿Puede entrar ahora el jefe de oficina?" quiso saber.

'Kan de hoofdsecretaris nu binnenkomen?' wilde hij weten.

"No, no puede", respondió Gregor a la pregunta de su padre.

"Nee, dat kan hij niet," antwoordde Gregor op de vraag van zijn vader.

Un silencio incómodo cayó en la habitación de la izquierda.

In de kamer links viel een ongemakkelijke stilte.

En la habitación de la derecha la hermana comenzó a sollozar.

In de kamer aan de rechterkant begon de zus te snikken.

¿Por qué la hermana no se había ido a estar con los demás?

Waarom was de zus niet naar de anderen gegaan?

Probablemente acababa de levantarse de la cama, pensó.

Ze was waarschijnlijk net uit bed gestapt, dacht hij.

Es posible que ni siquiera haya empezado a vestirse todavía.

Misschien was ze nog niet eens begonnen met aankleden.

Pero Gregor no podía entender por qué ella lloraba.

Maar Gregor begreep niet waarom ze huilde.

¿Fue porque no se levantó y dejó entrar al gerente?

Was het omdat hij niet opstond en de manager niet binnenliet?

¿Fue porque estaba en peligro de perder su trabajo?

Was het omdat hij zijn baan dreigde te verliezen?

¿Podría el jefe venir a buscar a los padres como antes?

Zou de baas de ouders weer lastigvallen, net als voorheen?

¿Iba a volver a hacerles las mismas exigencias de siempre?

Zou hij hun oude eisen opnieuw stellen?

Estas cosas probablemente no hacían que hubiera que preocuparse.

Waarschijnlijk hoefde men zich over deze dingen geen zorgen te maken.

Por el momento no tenía motivos para llorar.

Voorlopig had ze geen reden om te huilen.

Gregor todavía estaba allí, manteniendo a la familia.

Gregor was er nog steeds en zorgde voor het gezin.

Y nunca tuvo intención de abandonar a la familia.

En hij was nooit van plan geweest het gezin te verlaten.

Por el momento, simplemente permaneció tendido sobre la alfombra.

Voorlopig bleef hij gewoon op het tapijt liggen.

La familia desconocía la condición en la que se encontraba.

De familie wist niet in welke toestand hij verkeerde.

Si lo hubieran sabido no habrían animado a su jefe.

Hadden ze het geweten, dan hadden ze zijn baas niet aangemoedigd.

Ni siquiera habrían dejado entrar al gerente a la casa.

Ze zouden de manager niet eens binnen hebben gelaten.

No habría sido particularmente grosero rechazarlo.

Hem wegsturen zou niet bepaald onbeleefd zijn geweest.

Fácilmente podría haber encontrado una excusa adecuada más tarde.

Hij had later makkelijk een geschikt excuus kunnen vinden.

No era algo por lo que lo hubieran podido despedir.

Het was geen reden voor zijn ontslag.

Gregor pensó que ahora sería más sensato que lo dejaran solo.

Gregor vond het verstandiger om nu alleen gelaten te worden.

Molestarlo con llantos y conversaciones no sirvió de mucho.

Hem storen met gehuil en gepraat had weinig effect.

Pero fue la incertidumbre lo que molestó a los demás.
Maar het was juist de onzekerheid die de anderen dwarszat.
Y fue esta incertidumbre la que justificó su comportamiento.
En het was deze onzekerheid die hun gedrag rechtvaardigde.
—¡Señor Samsa! —gritó el gerente en voz alta.
"Meneer Samsa," riep de manager met verheven stem.
"¿Qué te pasa?" quiso saber.
'Wat is er met je aan de hand?' wilde hij weten.
"Te has atrincherado en tu habitación."
"Je hebt jezelf in je kamer verschanst."
"Solo puedes responder con un 'sí' o un 'no'."
"Je kunt alleen met 'ja' of 'nee' antwoorden."
"Estás causando serias preocupaciones a tus padres."
"Je bezorgt je ouders ernstige zorgen."
"No veo ninguna buena razón para preocuparlos".
"Ik zie geen goede reden waarom je ze ongerust zou maken."
"Hay otra cosa más que mencionaré de paso."
"Er is nog één ding dat ik terloops wil noemen."
"También estás descuidando tus obligaciones comerciales hacia nosotros".
"U verwaarloost ook uw zakelijke verplichtingen jegens ons."
"Esa irresponsabilidad está totalmente fuera de tu carácter".
"Zo'n onverantwoordelijk gedrag is totaal niet kenmerkend voor jou."
"Hablo aquí en nombre de tus padres y de tu jefe".
"Ik spreek hier namens uw ouders en uw baas."
"Y os pido una explicación inmediata y clara."
"En ik verzoek u om een onmiddellijke en duidelijke uitleg."
"Todo esto realmente me sorprende, debo decir".
"Ik vind dit echt ongelooflijk, moet ik zeggen."
"Pensé que te conocía como una persona tranquila y razonable."
"Ik dacht dat ik je kende als een kalm en redelijk persoon."
"Pero ahora nos estás mostrando un lado diferente de ti".
"Maar nu laat je ons een andere kant van jezelf zien."
"De repente estás mostrando tus caprichos tan peculiares."
"Plotseling laat je je wel heel eigenaardige grillen zien."

"Pero podría haber una explicación para tu fracaso".

"Maar er is wellicht een verklaring voor uw mislukking."

"El jefe mencionó una deuda que usted había cobrado para nosotros."

"De baas had het over een schuld die u voor ons had geïncasseerd."

"Le di al jefe mi palabra de honor en tu nombre".

"Ik heb de baas namens jou mijn erewoord gegeven."

"Pero ahora veo tu incomprensible terquedad."

"Maar nu zie ik je onbegrijpelijke koppigheid."

"Aún podría perder todo mi deseo de ayudarte."

"Het zou zomaar kunnen dat ik helemaal geen zin meer heb om je te helpen."

"Su seguridad laboral no es en absoluto totalmente estable".

"Uw baan is absoluut niet geheel stabiel."

"Originalmente tenía la intención de contarte todo esto en privado".

"Ik was oorspronkelijk van plan om je dit allemaal privé te vertellen."

"Pero ahora veo que quieres que pierda mi tiempo aquí".

"Maar nu zie ik dat je wilt dat ik hier mijn tijd verspil."

"Así que no veo ninguna razón por la que tus padres no deberían saberlo."

"Ik zie dus geen reden waarom je ouders het niet zouden mogen weten."

"Su desempeño reciente no ha sido satisfactorio."

"Uw recente prestaties waren niet bevredigend."

"Reconozco que las ventas son más lentas en esta época del año".

"Ik geef toe dat de verkoop in deze tijd van het jaar lager ligt."

"Pero no hay época del año en que no haya ventas".

"Maar er is geen periode in het jaar waarin er geen uitverkoop is."

Por un momento Gregor olvidó todo lo que le rodeaba.

Gregor vergat even alles om zich heen.

—¡Pero señor Prokurist! —gritó Gregor desesperado.

"Maar meneer Prokurist!", riep Gregor wanhopig uit.

"Abriré la puerta enseguida, ahora mismo, no te preocupes."
"Ik doe de deur meteen open, nu meteen, maak je geen zorgen."
"El problema es que me he estado sintiendo bastante mal."
"Het probleem is dat ik me de laatste tijd behoorlijk onwel voel."
"Mi mareo me impidió llegar a la puerta."
"Door mijn duizeligheid kon ik niet bij de deur komen."
"Todavía estoy en cama, pero me siento mucho mejor."
"Ik lig nog steeds in bed, maar ik voel me al veel beter."
"Un momento por favor, me estoy levantando de la cama."
"Een momentje alstublieft, ik kom net uit bed."
"Un momento de paciencia es todo lo que pido, señor Prokurist."
"Een momentje geduld is alles wat ik vraag, meneer Prokurist."
"No va tan bien como pensaba, pero estaré bien".
"Het gaat niet zo goed als ik had verwacht, maar het komt wel goed."
"¿Cómo puede sucederle algo así a una persona tan rápidamente?"
"Hoe kan zoiets iemand zo snel overkomen?"
"Me sentí bien anoche, mis padres lo saben."
"Ik voelde me gisteravond prima, mijn ouders weten dat."
"Pero quizá ya tuve una pequeña premonición entonces."
"Maar misschien had ik toen al een klein voorgevoel."
"Quizás te preguntes por qué no lo reporté en la oficina".
"Je vraagt je misschien af waarom ik het niet bij het kantoor heb gemeld."
"Pensé que me sentiría mucho mejor por la mañana".
"Ik dacht dat ik me 's ochtends weer veel beter zou voelen."
"Uno siempre piensa que para entonces ya habrá superado la enfermedad."
"Je denkt altijd dat je de ziekte dan wel overwonnen hebt."
"¡Pero por favor! ¡Libera a mis padres de estas acusaciones!"
"Maar alsjeblieft! Bespaar mijn ouders deze beschuldigingen!"
"No me han dicho ni una palabra de lo que me contaste."

"Er is mij geen woord verteld over wat u mij verteld heeft."
"Puede que no hayas leído las últimas órdenes que envié".
"Je hebt de laatste orders die ik heb verstuurd misschien niet gelezen."
"Por cierto, no tienes que preocuparte por mí hoy."
"Trouwens, je hoeft je vandaag geen zorgen over mij te maken."
"Aun así voy a tomar el tren de las ocho."
"Ik neem nog steeds de trein van acht uur."
"Las pocas horas de descanso me han fortalecido bastante".
"Die paar uurtjes rust hebben me voldoende kracht gegeven."
"Realmente no hay necesidad de esperar, gerente."
"U hoeft echt niet te wachten, manager."
"Yo también estaré en la oficina muy pronto."
"Ikzelf ben ook binnenkort weer op kantoor."
"Y por favor, ten la amabilidad de decirme algo bueno".
"En wilt u alstublieft een goed woordje voor me doen?"
Gregor había pronunciado su explicación con bastante precipitación.
Gregor had zijn uitleg nogal haastig gegeven.
Apenas sabía lo que realmente estaba tratando de decir.
Hij wist nauwelijks wat hij nu eigenlijk probeerde te zeggen.
Se acercó a la caja y trató de usarla para ponerse de pie.
Hij liep naar de doos en probeerde zich daarmee op te richten.
Realmente tenía toda la intención de abrir la puerta.
Hij was echt van plan de deur open te doen.
Quería ser visto por el representante autorizado.
Hij wilde door de bevoegde vertegenwoordiger worden gezien.
Y quería resolver el problema con él personalmente.
En hij wilde het probleem persoonlijk met hem oplossen.
Estaba ansioso por saber cómo reaccionarían los demás ante él.
Hij was benieuwd hoe de anderen op hem zouden reageren.
Ya deben estar ansiosos por ver cómo está.
Ze zullen nu ongetwijfeld ook graag willen weten hoe het met hem gaat.

Había dos formas posibles en las que podían reaccionar ante él.
Er waren twee mogelijke manieren waarop ze op hem konden reageren.
Una posibilidad era que estuvieran asustados.
Een mogelijkheid was dat ze bang zouden worden.
Si estaban asustados entonces él no tenía ninguna responsabilidad.
Als ze bang waren, dan was hij daar niet verantwoordelijk voor.
Y entonces no tendría que preocuparse por la situación.
En dan hoefde hij zich geen zorgen meer te maken over de situatie.
Pero también había otra posibilidad en la que pensar.
Maar er was ook nog een andere mogelijkheid om over na te denken.
Quizás aceptarían con calma su forma de ser.
Misschien zouden ze hem rustig accepteren zoals hij was.
Entonces Gregor tampoco tendría motivos para enojarse.
Dan zou Gregor ook geen reden hebben om boos te worden.
Todavía habría tiempo suficiente para coger el tren.
Er zou nog genoeg tijd zijn om de trein te halen.
Sin embargo, mantenerse en pie no fue una tarea fácil.
Rechtop staan was echter geenszins een gemakkelijke opgave.
En sus primeros intentos se resbaló de la caja.
Bij zijn eerste pogingen gleed hij van de doos af.
La caja era demasiado lisa para que él pudiera apoyarse contra ella.
De doos was te glad om ertegenaan te kunnen staan.
Y finalmente se dio un último empujón para ponerse de pie.
En tenslotte gaf hij zichzelf nog een laatste duw om overeind te komen.
Ya no le prestó más atención al dolor en su abdomen.
Hij schonk geen aandacht meer aan de pijn in zijn buik.
No importaba cuánto dolor sintiera, él lo superaría.
Hoe erg de pijn ook was, hij zou erdoorheen komen.
Se dejó caer contra el respaldo de una silla cercana.

Hij liet zich tegen de rugleuning van een nabijgelegen stoel
vallen.
Y se agarró a los bordes con sus pequeñas piernas.
En hij hield zich met zijn kleine beentjes vast aan de randen.
En ese momento ya tenía más control de sí mismo.
Hij had zichzelf nu beter onder controle.
Y su caída fue más silenciosa que la anterior.
En zijn val was stiller dan de vorige.
Porque tenía que escuchar lo que decía el gerente.
Omdat hij moest luisteren naar wat de manager zei.
¿Entendieron algo de eso?, preguntó a los padres.
"Hebben jullie daar iets van begrepen?" vroeg hij aan de
ouders.
"No se burlaría de nosotros, ¿verdad?"
"Hij zou ons toch niet voor schut zetten, hè?"
—¡Por Dios! —gritó la madre, ya llorando.
"In godsnaam!", riep de moeder, terwijl ze al in tranen
uitbarstte.
**"Puede que esté gravemente enfermo y lo estamos
atormentando".**
"Hij is mogelijk ernstig ziek en we kwellen hem."
"¡Grete! ¡Grete!", le gritó a la hija.
"Grete! Grete!" schreeuwde ze naar haar dochter.
"¿Mamá?" llamó la hermana desde el otro lado.
'Moeder?' riep de zus van de andere kant.
Luego se comunicaron a través de la habitación de Gregor.
Vervolgens communiceerden ze via Gregors kamer.
Gregor está muy enfermo y necesita medicamentos.
"Gregor is erg ziek en heeft medicijnen nodig."
"Tendrás que ir al médico inmediatamente."
"U moet onmiddellijk naar de dokter."
¿Escuchaste cómo habló Gregor hace un momento?
"Heb je gehoord hoe Gregor net praatte?"
"Esa era la voz de un animal", dijo el gerente.
"Dat was de stem van een dier," zei de manager.
**Sus palabras eran silenciosas comparadas con los gritos de la
madre.**

Zijn woorden klonken zacht in vergelijking met het geschreeuw van de moeder.

—¡Anna! ¡Anna! —llamó el padre desde la antesala.

"Anna! Anna!" riep de vader vanuit de voorkamer.

Y aplaudió para llamar su atención.

En hij klapte in zijn handen om hun aandacht te trekken.

"¡Llama a un cerrajero inmediatamente!" le ordenó a la criada.

"Haal onmiddellijk een slotenmaker!" beval hij de dienstmeid.

Las muchachas, con sus faldas, corrían por la antesala.

De meisjes renden in hun rokken door de voorkamer.

Y sus faldas crujieron mientras corrían frente a su habitación.

En hun rokken ritselden toen ze langs zijn kamer renden.

"¿Cómo se vistió la hermana tan rápido?" pensó.

'Hoe heeft de zus zich zo snel aangekleed?' dacht hij.

La puerta se abrió de golpe, pero no se cerró de golpe.

De deur werd opengereten, maar niet dichtgeslagen.

Esto es común en los hogares donde ocurre una gran desgracia.

Dit komt vaak voor in huizen waar een groot ongeluk heeft plaatsgevonden.

Pero todo esto había hecho que Gregor se volviera mucho más tranquilo.

Maar dit alles had Gregor veel rustiger gemaakt.

Cuando escuchó sus propias palabras le parecieron claras.

Toen hij zijn eigen woorden hoorde, klonken ze hem helder in de oren.

De hecho, sintió que sus palabras habían sido más claras.

Hij vond zelfs dat zijn woorden duidelijker waren geweest.

Pero los demás ya no entendían lo que decía.

Maar de anderen begrepen niet meer wat hij zei.

Quizás ya se había acostumbrado a sus oídos.

Misschien was hij inmiddels gewend geraakt aan zijn oren.

Pero al menos ahora entendían mejor su situación.

Maar ze begrepen zijn situatie nu tenminste beter.

Se dieron cuenta de que realmente había algo mal con él.

Ze beseften dat er echt iets mis met hem was.
Y ahora estaban haciendo todo lo que podían para ayudarlo.
En ze deden nu alles wat ze konden om hem te helpen.
Esto le dio a Gregor una sensación de confianza que le faltaba.
Dit gaf Gregor een gevoel van zelfvertrouwen dat hij miste.
Y se sintió nuevamente mucho más seguro en la familia.
En hij voelde zich weer veel veiliger binnen het gezin.
Se sintió incluido nuevamente en el círculo humano.
Hij had het gevoel dat hij weer deel uitmaakte van de menselijke kring.
Ahora tenía que esperar que el cerrajero pudiera abrir la puerta.
Nu moest hij maar hopen dat de slotenmaker de deur open kon krijgen.
Y esperaba que el médico pudiera realizar tales tareas.
En hij hoopte dat de dokter dergelijke taken zou kunnen uitvoeren.
Pronto tendría que hablar más.
Hij zou binnenkort weer meer moeten praten.
Su voz tendría que ser lo más clara posible.
Zijn stem moest zo duidelijk mogelijk zijn.
Para prepararse para la reunión se aclaró la garganta.
Ter voorbereiding op de vergadering schraapte hij zijn keel.
Sin embargo, hizo todo lo posible para toser muy silenciosamente.
Hij deed echter zijn best om zo zachtjes mogelijk te hoesten.
El ruido podría haber sonado diferente a una tos humana.
Het geluid klonk mogelijk anders dan een menselijke hoest.
Sabía que ya no podía diferenciar esas cosas.
Hij wist dat hij zulke dingen niet meer van elkaar kon onderscheiden.
En la habitación contigua reinaba un silencio absoluto.
In de aangrenzende kamer was het volkomen stil geworden.
Los padres probablemente estaban sentados a la mesa.
De ouders zaten waarschijnlijk aan tafel.
Quizás estaban susurrando con el gerente.

Ze hebben wellicht gefluisterd met de manager.
Quizás todos estaban apoyados en la puerta y escuchando.
Misschien stond iedereen wel tegen de deur geleund te luisteren.
Gregor empujó lentamente la silla hacia la puerta.
Gregor schoof de stoel langzaam naar de deur.
Empujó la puerta y se mantuvo en pie.
Hij duwde zich tegen de deur af en hield zichzelf overeind.
Se enteró de que las almohadillas de sus pies tenían un poco de pegamento.
Hij ontdekte dat er een beetje lijm op de kussentjes van zijn voeten zat.
Y descansó allí un momento del esfuerzo.
En hij rustte daar even uit van de inspanning.
Después de descansar lo suficiente, comenzó con la siguiente tarea.
Nadat hij voldoende uitgerust was, begon hij aan de volgende taak.
Empezó a girar la llave en la cerradura con la boca.
Hij begon de sleutel in het slot met zijn mond om te draaien.
Desafortunadamente, parecía que no tenía dientes reales.
Helaas bleek dat hij geen echte tanden had.
¿Pero qué otra forma tenía de conseguir las llaves?
Maar op welke andere manier had hij de sleutels kunnen bemachtigen?
Afortunadamente para él, sus mandíbulas eran, por supuesto, muy fuertes.
Gelukkig voor hem waren zijn kaken natuurlijk erg sterk.
Con la ayuda de sus mandíbulas realmente consiguió mover la llave.
Met behulp van zijn kaken kreeg hij de sleutel echt in beweging.
No tenía ninguna duda de que él también se estaba haciendo daño.
Hij twijfelde er niet aan dat hij zichzelf ook schade berokkende.
Porque de su boca salía un líquido marrón.

Omdat er een bruine vloeistof uit zijn mond kwam.
El líquido marrón fluyó sobre la llave y por la puerta.
De bruine vloeistof stroomde over de sleutel en langs de deur naar beneden.
Pero a Gregorio no le importaba hacerse daño a sí mismo.
Maar Gregor gaf er niets om dat hij zichzelf daarmee pijn deed.
"¿Puedes oír eso?" dijo el gerente en la habitación de al lado.
'Kun je dat horen?' vroeg de manager in de aangrenzende kamer.
"Está girando la llave", había notado el gerente.
"Hij draait de sleutel om," had de manager opgemerkt.
Estas palabras fueron un gran estímulo para Gregor.
Deze woorden waren een grote aanmoediging voor Gregor.
Pero el padre y la madre también deberían haber gritado:
Maar de vader en moeder hadden ook moeten roepen:
«¡Bien, Gregor!», deberían haberle gritado.
"Goed zo, Gregor," hadden ze hem moeten toeroepen.
"Sigue adelante, sigue girando esa llave, puedes lograrlo".
"Ga door, blijf die sleutel omdraaien, je kunt het."
Pero Gregor tuvo que imaginarse su emoción.
Maar Gregor moest zich hun opwinding inbeelden.
Apretó las mandíbulas con toda la fuerza que tenía.
Hij klemde zijn kaken op elkaar met al zijn kracht.
Y continuó girando la llave en la cerradura.
En hij bleef de sleutel in het slot ronddraaien.
Dolorosamente su cuerpo se retorció en un círculo.
Zijn lichaam kronkelde pijnlijk in een cirkel.
Ahora se mantenía erguido únicamente con la boca.
Hij hield zich nu alleen nog maar met zijn mond overeind.
Para seguir girando la llave presionó contra la puerta.
Om de sleutel te blijven draaien, drukte hij tegen de deur.
Finalmente el chasquido de la cerradura despertó de nuevo a Gregor.
Eindelijk wekte het geluid van het dichtslaan van het slot Gregor weer.
"Así que no necesité al cerrajero", suspiró aliviado.

"Dus ik had geen slotenmaker nodig," zuchtte hij opgelucht.

Ahora sólo faltaba abrir la puerta que había desbloqueado.

Nu hoefde hij alleen nog maar de deur te openen die hij had ontgrendeld.

Y con la cabeza en el pomo abrió la puerta.

En met zijn hoofd op de klink opende hij de deur.

Estaba detrás de la puerta que daba a su habitación.

Hij stond achter de deur die toegang gaf tot zijn kamer.

Así que la puerta ya estaba abierta antes de que pudiera ser visto.

De deur stond dus al open voordat hij te zien was.

A continuación tuvo que maniobrar para rodear la puerta.

Vervolgens moest hij zich om de deur heen manoeuvreren.

Este difícil movimiento también requirió mucho esfuerzo.

Deze lastige beweging vergde ook veel inspanning.

No quería caer torpemente en la habitación contigua.

Hij wilde niet onhandig de volgende kamer binnenvallen.

Así que no tuvo tiempo de prestar atención a nada más.

Hij had dus geen tijd om op iets anders te letten.

Pero entonces oyó al jefe de oficina exclamar en voz alta: "¡Oh!".

Maar toen hoorde hij de hoofdsecretaris luid "O!" roepen.

Sonaba como si el viento corriera a través de la casa.

Het klonk alsof de wind door het huis raasde.

Resultó que él era el que estaba más cerca de la puerta.

Hij was toevallig degene die het dichtst bij de deur stond.

Y al verlo, se llevó la mano a la boca.

En toen hij hem zag, drukte hij zijn hand tegen zijn mond.

Se movió lentamente hacia atrás, alejándose de Gregor.

Hij bewoog zich langzaam achteruit, weg van Gregor.

Pero era como si una fuerza invisible actuara sobre él.

Maar het was alsof een onzichtbare kracht op hem inwerkte.

Lo primero que hizo la madre fue mirar al padre.

Het eerste wat de moeder deed, was naar de vader kijken.

A pesar de la presencia del gerente, su cabello estaba despeinado.

Ondanks de aanwezigheid van de manager was haar haar warrig.

Desplegó los brazos y dio dos pasos hacia adelante.

Ze vouwde haar armen open en deed twee stappen naar voren.

Pero entonces se desplomó en medio de su falda.

Maar toen zakte ze in elkaar, midden in haar rok.

Su vestido se extendió a su alrededor en el suelo.

Haar jurk spreidde zich helemaal om haar heen uit op de vloer.

Y su cabeza desapareció sobre sus propios pechos.

En haar hoofd verdween naar beneden, op haar eigen borsten.

El padre apretó el puño con expresión hostil.

De vader balde zijn vuist met een vijandige uitdrukking.

Parecía querer que Gregor fuera empujado de nuevo a su habitación.

Hij leek Gregor terug in zijn kamer te willen duwen.

Luego miró con incertidumbre alrededor de la sala de estar.

Vervolgens keek hij onzeker rond in de woonkamer.

Y finalmente se cubrió los ojos entre las manos.

En tenslotte bedekte hij zijn ogen met zijn handen.

Y lloró amargamente hasta que su poderoso pecho se estremeció.

En hij huilde bitter, tot zijn machtige borst beefde.

Gregor en realidad no entró en su habitación.

Gregor is in werkelijkheid helemaal niet hun kamer binnengegaan.

En lugar de eso, se apoyó contra el marco de la puerta.

In plaats daarvan leunde hij tegen het deurkozijn.

Para los que estaban desde fuera solo era visible la mitad de su cuerpo.

Voor de buitenstaanders was slechts de helft van zijn lichaam zichtbaar.

Y encima de su cuerpo estaba su cabeza, inclinada hacia un lado.

En bovenop zijn lichaam lag zijn hoofd, schuin opzij gekanteld.

Para entonces la luz se había vuelto mucho más brillante que antes.

Inmiddels was het licht veel feller geworden dan voorheen.

Ahora se podía ver claramente el otro lado de la calle.

Nu was de overkant van de straat duidelijk zichtbaar.

Apareció una sección del interminable y gris hospital.

Een gedeelte van het eindeloze, grijze ziekenhuis werd zichtbaar.

La lluvia de la mañana aún no había parado del todo de caer.

De ochtendregen was nog niet helemaal opgehouden.

Pero ahora las gotas de lluvia eran más grandes y estaban más separadas.

Maar nu waren de regendruppels groter en lagen ze verder uit elkaar.

Los platos del desayuno estaban en abundancia en la mesa.

Het ontbijt stond in overvloed op tafel.

El padre pensaba que el desayuno era la comida más importante.

De vader vond het ontbijt de belangrijkste maaltijd.

El desayuno era una comida que se prolongaba durante horas.

Het ontbijt was voor hem een maaltijd die urenlang duurde.

Y en esas horas leía los distintos periódicos.

En in die uren las hij de verschillende kranten.

Justo en la pared opuesta colgaba una fotografía de Gregor.

Aan de tegenoverliggende muur hing een foto van Gregor.

La fotografía en la pared lo mostraba como teniente.

Op de foto aan de muur was hij te zien als luitenant.

Era una fotografía de su época en el ejército.

Het was een foto uit de tijd dat hij in het leger zat.

Su mano estaba sobre su espada y tenía una sonrisa despreocupada.

Zijn hand rustte op zijn zwaard en hij had een zorgeloze glimlach op zijn gezicht.

Su postura y su uniforme exigían cierto respeto.

Zijn houding en uniform dwongen een zekere mate van respect af.

La otra puerta que conducía a la antesala también estaba abierta.

De andere deur die naar de voorkamer leidde, stond ook open.

Y la puerta del apartamento todavía estaba abierta también.

En de deur naar het appartement stond ook nog open.

Se podía ver hasta el patio delantero del apartamento.

Men kon helemaal tot aan de voortuin van het appartementencomplex kijken.

Y luego las escaleras conducían a la calle de abajo.

En vervolgens leidde de trap naar beneden, naar de straat.

Gregor fue el único que mantuvo la compostura.

Gregor was de enige die zijn kalmte had bewaard.

Él vio esto, por lo que la conversación era su responsabilidad.

Hij zag dit, dus het was zijn verantwoordelijkheid om het gesprek aan te gaan.

"Bueno, ahora me voy a vestir para ir a trabajar", dijo.

'Nou, ik ga me nu aankleden voor mijn werk,' zei hij.

"Después de haber empaquetado las muestras textiles, me iré."

"Nadat ik de textielstalen heb ingepakt, vertrek ik."

"¿Aún tiene intención de dispararme, señor Prokurist?"

"Bent u nog steeds van plan mij te ontslaan, meneer Prokurist?"

"Como puedes ver, no soy tan terco como pensabas."

"Zoals je ziet, ben ik niet zo koppig als je dacht."

"Y puedes ver que después de todo me gusta trabajar".

"En je ziet dus dat ik het wel degelijk leuk vind om te werken."

"Puedo admitir que viajar por trabajo no es fácil".

"Ik geef toe dat reizen voor mijn werk niet makkelijk is."

"Pero también puedo aceptar que es parte de mi trabajo".

"Maar ik kan ook accepteren dat het onderdeel is van mijn werk."

"Gerente, ¿adónde va? ¿De vuelta a la oficina?"

"Manager, waar gaat u heen? Terug naar kantoor?"

"¿Informarás verazmente de todo lo que has visto?"

"Zult u alles wat u hebt gezien naar waarheid vertellen?"
"A veces sucede que uno no puede ir a trabajar."
"Soms komt het voor dat iemand niet naar zijn werk kan gaan."
"Este es el momento adecuado para recordar los logros pasados".
"Dat is het juiste moment om stil te staan bij successen uit het verleden."
"Después de eliminar la dificultad, uno trabaja aún mejor."
"Nadat de moeilijkheid is weggenomen, werkt men nog beter."
"Mi diligencia y concentración aumentarán".
"Mijn ijver en concentratie zullen toenemen."
"Sabes muy bien que estoy en deuda con el jefe."
"Je weet heel goed dat ik de baas veel verschuldigd ben."
"Pero también estoy preocupada por mis padres y mi hermana".
"Maar ik maak me ook zorgen om mijn ouders en mijn zus."
"Estoy en una situación difícil, pero encontraré la manera de salir de ella".
"Ik zit in een lastig parket, maar ik vind wel een manier om hieruit te komen."
"No hagas esto más difícil de lo que ya es."
"Maak het niet nog moeilijker dan het al is."
"Como compañeros de trabajo también tenemos que ayudarnos unos a otros".
"Als collega's moeten we elkaar ook helpen."
"Sé que a los trabajadores de oficina no les gustan los viajeros".
"Ik weet dat de kantoormedewerkers de reizigers niet mogen."
"¿Crees que ganamos una fortuna y llevamos una buena vida?"
"Jullie denken dat we een fortuin verdienen en een goed leven leiden."
"No tienen ningún motivo real para considerar sus prejuicios".
"Ze hebben geen enkele reden om hun vooroordelen te overwegen."

"**Pero usted, oficial autorizado, tiene un papel diferente.**"
"Maar u, als bevoegd functionaris, heeft een andere rol."
"**Tienes una mejor visión general que el resto del personal**".
"Jij hebt een beter overzicht dan de andere medewerkers."
"**De hecho, creo que probablemente tengas la mejor visión general**".
"Sterker nog, ik denk dat u misschien wel het beste overzicht heeft."
"**Tienes una visión mejor que el propio jefe**".
"U heeft een beter overzicht dan de baas zelf."
"**Admito que el jefe hace el trabajo empresarial**".
"Ik geef toe dat de baas wel degelijk het ondernemerswerk doet."
"**Pero es fácil que sus juicios sean erróneos.**"
"Maar zijn oordelen kunnen gemakkelijk misleid worden."
"**Y estos pequeños errores de juicio pueden ser en nuestro detrimento**".
"En deze kleine misstappen kunnen ons duur komen te staan."
"**Ya sabes lo fácil que es hablar del viajero.**"
"Je weet hoe makkelijk het is om over de reiziger te praten."
"**Él no está allí para defender su reputación de los chismes**".
"Hij is daar niet om zijn reputatie te verdedigen tegen roddels."
"**Esas acusaciones pueden fácilmente ser meras coincidencias**".
"Deze beschuldigingen kunnen heel goed gewoon toeval zijn."
"**Muchas quejas ni siquiera tienen su base en ninguna verdad.**"
"Veel klachten zijn zelfs niet op de waarheid gebaseerd."
"**Está fuera de la oficina casi todo el año.**"
"Hij is bijna het hele jaar niet op kantoor."
"**¿Qué posibilidades tiene de defender su propia reputación?**"
"Welke kans heeft hij om zijn eigen reputatie te verdedigen?"
"**Ni siquiera se entera de las acusaciones**".
"Hij krijgt niet eens iets te horen over de beschuldigingen."
"**Se entera de lo que se ha dicho cuando ya es demasiado tarde.**"

"Hij komt erachter wat er gezegd is als het te laat is."
A estas alturas ya está exhausto por el viaje del día.
"Tegen die tijd is hij uitgeput van de reis van die dag."
"De todos modos, tendrá que experimentar las terribles consecuencias".
"Hij moet de vreselijke gevolgen hoe dan ook ondervinden."
"Aunque no tiene forma de entender el problema."
"Ook al kan hij het probleem onmogelijk begrijpen."
"Oh, gerente, no se vaya sin decirme una palabra".
"O manager, ga alstublieft niet weg zonder even met me te praten."
"Al menos dime que estás de acuerdo conmigo en parte."
"Zeg me in ieder geval dat je het gedeeltelijk met me eens bent."
Pero el manager se había alejado de Gregor mucho antes.
Maar de manager had zich al veel eerder van Gregor afgewend.
Su hombro se contrajo cuando volvió a mirar a Gregor.
Zijn schouder trilde even toen hij naar Gregor achterom keek.
Y no se quedó quieto ni un solo momento durante su discurso.
En hij heeft tijdens zijn toespraak geen moment stilgestaan.
Él había mirado a Gregor con los labios fruncidos.
Hij had Gregor met samengeknepen lippen aangekeken.
Se había ido retirando gradualmente hacia la puerta.
Hij was geleidelijk naar de deur toe achteruitgelopen.
Pero tampoco podía apartar la mirada de Gregor.
Maar ook hij kon zijn ogen niet van Gregor afhouden.
Sintió como si hubiera una prohibición secreta de salir de la habitación.
Hij had het gevoel dat er een geheim verbod gold om de kamer te verlaten.
Pero a estas alturas ya estaba en el vestíbulo de entrada.
Maar op dat moment bevond hij zich al in de entreehal.
Y ahora hizo un movimiento repentino hacia la salida.
En nu maakte hij een plotselinge beweging richting de uitgang.

Extendió su mano derecha hacia las escaleras.
Hij strekte zijn rechterhand uit naar de trap.
Quizás una fuerza sobrenatural estaba esperando para salvarlo.
Misschien stond er wel een bovennatuurlijke kracht klaar om hem te redden.
Gregor sabía que no podía permitir que se fuera así.
Gregor wist dat hij hem niet zomaar kon laten vertrekken.
El gerente no debe regresar con el mismo humor en el que estaba.
De manager mag niet in dezelfde stemming terugkeren als waarin hij was.
La seguridad del trabajo de Gregor estaba en grave peligro.
De baan van Gregor stond ernstig op het spel.
Los padres no podían comprender plenamente todo esto.
De ouders konden dit allemaal niet helemaal begrijpen.
Con los años se habían acostumbrado a su seguridad laboral.
In de loop der jaren waren ze gewend geraakt aan zijn baanzekerheid.
Y se convencieron de que tenía el trabajo de por vida.
En ze waren ervan overtuigd geraakt dat hij de baan voor het leven had.
En lugar de eso, se habían ocupado de otras preocupaciones.
In plaats daarvan waren ze druk bezig geraakt met andere zaken.
Pero estas preocupaciones les hicieron perder toda previsión.
Maar door deze zorgen verloren ze elk vooruitziend vermogen.
Gregor, sin embargo, no había perdido la previsión paterna.
Gregor had echter het vooruitziende vermogen van zijn ouders niet verloren.
Alguien tenía que detener al representante autorizado.
Iemand moest de gemachtigde vertegenwoordiger tegenhouden.
Iba a tener que calmarlo y convencerlo.
Hij zou hem moeten kalmeren en overtuigen.
¡El futuro de Gregor y su familia dependía de ello!

De toekomst van Gregor en zijn familie hing ervan af!
Ojalá la inteligente hermana hubiera estado allí para ayudar.
Was die slimme zus er maar geweest om te helpen.
Ella ya había llorado cuando Gregor todavía estaba en su habitación.
Ze had al gehuild toen Gregor nog in zijn kamer was.
En ese momento él simplemente yacía tranquilamente boca arriba.
Op dat moment lag hij gewoon rustig op zijn rug.
Ella ya sabía entonces la importancia de la situación.
Ze besefte toen al hoe belangrijk de situatie was.
El gerente tenía una debilidad bien conocida por las mujeres.
De manager had een aantoonbaar zwak voor vrouwen.
Ella fácilmente podría haberlo persuadido para que se quedara más tiempo.
Ze had hem er makkelijk van kunnen overtuigen om langer te blijven.
Ella habría cerrado la puerta y lo habría guiado adentro.
Ze zou de deur hebben gesloten en hem weer naar binnen hebben geleid.
Pero desafortunadamente la hermana había ido a buscar un médico.
Maar helaas was de zus een dokter gaan halen.
Así que Gregor no tuvo más remedio que hacerlo él mismo.
Gregor had daarom geen andere keus dan het zelf te doen.
No había considerado cuáles eran realmente sus habilidades.
Hij had er niet bij stilgestaan wat zijn werkelijke vaardigheden inhielden.
Y se había olvidado de desconfiar de su capacidad de hablar.
En hij was vergeten te twijfelen aan zijn eigen vermogen om te spreken.
Pero aún así, abandonó la seguridad de su habitación.
Maar desondanks verliet hij de veiligheid van zijn kamer.
Y se abrió paso a través de la abertura de la habitación.
En hij wurmde zich door de opening van de kamer.
El gerente ya estaba bajando las escaleras.

De manager was al op weg naar beneden via de trap.
Pero él se agarraba a la barandilla con ambas manos.
Maar hij hield zich met beide handen vast aan de leuning.
Gregor se cayó mientras intentaba atravesar la puerta.
Gregor viel toen hij zich door de deur probeerde te wurmen.
Dejó escapar un pequeño grito mientras trataba de agarrar algo para apoyarse.
Hij slaakte een kleine gil terwijl hij zich vastgreep.
Pero en lugar de pánico, sintió un bienestar físico.
Maar in plaats van in paniek te raken, voelde hij zich fysiek goed.
Por primera vez esa mañana algo se sintió bien.
Voor het eerst die ochtend voelde alles goed aan.
Todas sus piernas ahora tenían tierra sólida debajo de ellas.
Al zijn benen stonden nu weer op vaste grond.
Se sorprendió de lo bien que podía controlar sus piernas.
Hij was verrast hoe goed hij zijn benen kon beheersen.
Se alegró de notar que sus piernas le obedecían completamente.
Hij was blij te constateren dat zijn benen hem volledig gehoorzaamden.
De hecho, sus piernas lo llevaban a donde quería.
In feite brachten zijn benen hem overal naartoe waar hij wilde.
Pronto todas sus penas estaban destinadas a llegar a su fin.
Al zijn zorgen zouden spoedig tot een einde komen.
Pero en ese mismo momento su propia madre saltó.
Maar op precies hetzelfde moment sprong zijn eigen moeder overeind.
Sus brazos estaban extendidos y sus dedos separados.
Haar armen waren uitgestrekt en haar vingers gespreid.
Y ella gritó: "¡Socorro! ¡Por el amor de Dios, que alguien ayude!"
En ze riep uit: "Help, in godsnaam, iemand moet helpen!"
Ella inclinó la cabeza; quería ver mejor a Gregor.
Ze kantelde haar hoofd; ze wilde Gregor beter kunnen zien.
Pero en contraposición a la primera acción, ella corrió hacia atrás.

Maar in tegenstelling tot haar eerste actie rende ze terug.

Se había olvidado que la mesa estaba puesta detrás de ella.

Ze was vergeten dat de tafel achter haar gedekt stond.

Todos los elementos para el desayuno todavía estaban en la mesa.

Alles wat we voor het ontbijt nodig hadden, stond nog op tafel.

Se sentó apresuradamente en la mesa, como distraída.

Ze ging haastig op tafel zitten, alsof ze afgeleid was.

Y ella no pareció darse cuenta del café derramado.

En ze leek de gemorste koffie niet op te merken.

El café que ahora estaba empapando la alfombra.

De koffie was nu in het tapijt getrokken.

—Mamá, madre —dijo Gregor suavemente, mirándola.

"Moeder, moeder," zei Gregor zachtjes, terwijl hij naar haar opkeek.

Por el momento el manager no era importante para él.

Op dat moment was de manager niet belangrijk voor hem.

Pero también estaba el café goteando sobre la alfombra.

Maar er was ook nog de koffie die op het tapijt was gedruppeld.

Gregor no pudo resistirse a chasquear las mandíbulas al tomar el café.

Gregor kon het niet laten om zijn kaken naar de koffie te klappen.

La madre comenzó a llorar nuevamente por su comportamiento.

De moeder begon opnieuw te huilen vanwege zijn gedrag.

Ella saltó de la mesa para distanciarse de él.

Ze sprong van de tafel om afstand van hem te nemen.

Y ella corrió a los brazos del padre, buscando seguridad.

En ze rende in de armen van haar vader, op zoek naar veiligheid.

Pero Gregor ya no tenía tiempo que perder con sus padres.

Maar Gregor had nu geen tijd meer over voor zijn ouders.

El oficial autorizado ya estaba en las escaleras.

De bevoegde functionaris bevond zich al op de trap.

Apoyó la barbilla en la barandilla para mirar dentro de la casa.

Hij had zijn kin op de reling laten rusten om naar binnen te kunnen kijken.

Al parecer quería echar un último vistazo al espectáculo.

Blijkbaar wilde hij nog een laatste blik op het schouwspel werpen.

Y Gregor hizo un último esfuerzo para llegar hasta el gerente.

En Gregor deed nog een laatste poging om de manager te bereiken.

Corrió hacia la puerta tan seguro como pudo.

Hij rende zo veilig mogelijk naar de deur.

Pero el jefe de oficina debía de sospechar algo.

Maar de hoofdsecretaris moet iets hebben vermoed.

Porque saltó varios escalones y desapareció.

Omdat hij een aantal treden naar beneden sprong en verdween.

—¡Huh! —gritó Gregor, resonando en la escalera.

"Hè!" riep Gregor, zijn stem galmde door het trappenhuis.

La fuga del gerente también pareció confundir a su padre.

Ook zijn vader leek in verwarring te zijn over de ontsnapping van de manager.

Hasta entonces había conseguido mantener la compostura.

Tot dan toe was hij erin geslaagd om tamelijk kalm te blijven.

Pero desgraciadamente él también perdió la compostura que había tenido.

Maar helaas verloor ook hij zijn zelfbeheersing.

Lo que debería haber hecho es ayudar a Gregor en su persecución.

Wat hij had moeten doen, is Gregor helpen bij zijn zoektocht.

Pero con una mano agarró el bastón del gerente.

Maar hij greep met één hand de wandelstok van de manager vast.

Y en la otra mano sostenía ahora un periódico.

En in zijn andere hand hield hij nu een krant vast.

Y ahora estorbó directamente a Gregor en su persecución.

En nu belemmerde hij Gregor rechtstreeks in zijn streven.
Se había colocado entre Gregor y la calle.
Hij had zich tussen Gregor en de straat geplaatst.
Golpeó el suelo con los pies y agitó el palo y el periódico.
Hij stampte met zijn voeten en zwaaide met de stok en de krant.
Y él estaba forzando activamente a Gregor a regresar a su habitación.
En hij dwong Gregor met alle middelen terug naar zijn kamer.
Ninguna de las peticiones que Gregor intentó hacer sirvió de algo.
Geen van de verzoeken die Gregor deed, hielp.
Porque ninguna de las peticiones que hizo fue entendida.
Omdat geen van zijn verzoeken werd begrepen.
Giró la cabeza hacia un ángulo más profundo y humilde.
Hij draaide zijn hoofd in een diepere, meer bescheiden hoek.
Pero su padre respondió golpeando el suelo con más fuerza.
Maar zijn vader antwoordde door nog harder met zijn voeten te stampen.
La madre abrió una ventana, a pesar del clima frío.
De moeder opende een raam, ondanks het koele weer.
Y apretó su cara entre sus manos en el frío.
En ze drukte haar gezicht in haar handen tegen de kou.
El viento ahora podría pasar por todo el apartamento.
De wind kon nu door het hele appartement waaien.
Una fuerte corriente de aire soplaba desde la escalera hacia el callejón.
Een stevige tocht blies vanuit de trap naar het steegje.
Las cortinas se agitaban a causa del fuerte viento.
De gordijnen wapperden heen en weer door de harde wind.
Y el periódico sobre la mesa crujió con el viento.
En de krant op tafel ritselde in de wind.
Incluso algunas hojas fueron arrastradas hasta el interior de la casa desde el exterior.
Er waren zelfs bladeren van buiten naar binnen gewaaid.
El padre pateaba y empujaba sin descanso.
De vader stampte met zijn voeten en duwde onophoudelijk.

Y silbaba y hacía ruidos como lo haría un hombre salvaje.
En hij siste en maakte geluiden zoals een wild man dat zou
doen.
Pero Gregor aún no había practicado el caminar hacia atrás.
Maar Gregor had nog niet geoefend met achteruitlopen.
**Incluso Gregor admitiría que este movimiento era mucho
más lento.**
Zelfs Gregor zou toegeven dat deze beweging veel langzamer
was.
**Pero lo único que quería era la oportunidad de cambiar las
cosas.**
Het enige wat hij wilde, was de kans om zich om te draaien.
Entonces se habría ido directamente a su habitación.
Dan zou hij meteen naar zijn kamer zijn gegaan.
Pero tenía demasiado miedo de impacientar a su padre.
Maar hij was te bang om zijn vader ongeduldig te maken.
Y allí estaba la amenaza de un golpe con el palo.
En er was de dreiging van een klap met de stok.
**Un golpe así en la parte posterior de la cabeza podría ser
fatal.**
Een dergelijke klap tegen het achterhoofd kan fataal zijn.
Pero al final Gregor no tuvo otra opción.
Maar uiteindelijk had Gregor geen andere keuze.
**Se dio cuenta de que ni siquiera podía caminar hacia atrás
en línea recta.**
Hij besefte dat hij zelfs niet meer recht achteruit kon lopen.
Empezó a girar tan rápido como pudo.
Hij begon zich zo snel mogelijk om te draaien.
**Pero en realidad este movimiento giratorio era igualmente
lento.**
Maar in werkelijkheid was deze draaibeweging net zo traag.
Y le siguieron las miradas ansiosas del padre.
En hij werd gevolgd door de bezorgde blikken van zijn vader.
Quizás el padre notó las buenas intenciones de Gregor.
Wellicht merkte de vader Gregors goede bedoelingen op.
Porque no le impidió darse la vuelta.
Omdat hij hem niet belette zich om te draaien.

Incluso utilizó la punta de su bastón para guiar la rotación.
Hij gebruikte zelfs de punt van zijn stok om de rotatie te
sturen.
**¡Pero Gregor aún deseaba que su padre no le hubiera
silbado!**
Maar Gregor vond het nog steeds jammer dat zijn vader zo
tegen hem had gesisd!
El silbido sólo aumentó la confusión del momento.
Het gesis vergrootte de verwarring van het moment alleen
maar.
Y luego cometió un error y giró en la dirección equivocada.
En toen maakte hij een fout en sloeg de verkeerde kant op.
Al final logró encarar el camino correcto.
Uiteindelijk lukte het hem toch om de goede kant op te kijken.
Y estaba satisfecho con el progreso que había logrado.
En hij was tevreden met de vooruitgang die hij had geboekt.
**Pero entonces el siguiente problema se hizo aún más
evidente.**
Maar toen werd het volgende probleem nog duidelijker.
**Su cuerpo era demasiado ancho para pasar fácilmente por la
puerta.**
Zijn lichaam was te breed om gemakkelijk door de deur te
passen.
En su estado actual el padre no se dio cuenta de esto.
In zijn huidige toestand merkte de vader dit niet op.
Así que no se le ocurrió abrir más la puerta.
Het kwam dus niet in hem op om de deur verder open te
doen.
Entonces habría habido suficiente espacio para Gregor.
Dan was er voldoende ruimte geweest voor Gregor.
**Su única prioridad era conseguir que Gregor entrara a su
habitación.**
Zijn enige prioriteit was om Gregor naar zijn kamer te krijgen.
**Habría tenido que ponerse de pie para poder pasar por la
puerta.**
Hij had moeten opstaan om door de deur te passen.
Pero el padre no hubiera permitido tal maniobra.

Maar de vader zou zo'n manoeuvre niet hebben toegestaan.
De hecho, le estaba siseando aún más salvajemente que antes.
Sterker nog, hij siste hem nu nog wilder toe dan voorheen.
Sonaba como si más de un hombre le estuviera silbando.
Het klonk alsof er meer dan één man naar hem siste.
Sus demandas parecían tener una nueva urgencia detrás.
Zijn eisen leken ineens een nieuwe urgentie te hebben.
Realmente ya no había más tiempo para perder el tiempo.
Er was nu echt geen tijd meer om te treuzelen.
Pasara lo que pasara, Gregor tenía que atravesar la puerta.
Wat er ook gebeurde, Gregor moest door de deur heen.
Se abrió paso sin ningún respeto por sí mismo.
Hij zette door zonder enige zelfachting.
Un lado de su cuerpo fue empujado hacia arriba por el movimiento.
Door de beweging werd één kant van zijn lichaam omhooggedrukt.
Y él yacía torpe y torcido en el umbral de la puerta.
En hij lag onhandig en krom in de deuropening.
Uno de sus flancos quedó en carne viva rozando la madera.
Een van zijn flanken was opengeschaafd tegen het hout.
Y había dejado feas manchas en la puerta pintada de blanco.
En hij had lelijke vlekken achtergelaten op de witgeschilderde deur.
Las piernas de uno de sus costados colgaban temblando en el aire.
De benen aan een van zijn zijden hingen trillend in de lucht.
Sus otras piernas estaban presionadas dolorosamente contra el suelo.
Zijn andere been zat pijnlijk tegen de vloer gedrukt.
Pronto se quedaría atrapado completamente entre las puertas.
Hij zou al snel volledig klem komen te zitten tussen de deur.
Y entonces no habría podido moverse en absoluto.
En dan had hij zich helemaal niet meer kunnen bewegen.
Pero el padre le dio un fuerte empujón realmente liberador.

Maar zijn vader gaf hem een werkelijk bevrijdende, krachtige duw.

Y cayó, sangrando profusamente, hasta el fondo de su habitación.

En hij viel, hevig bloedend, diep zijn kamer in.

El padre cerró la puerta tras de sí con su bastón.

De vader sloeg de deur met zijn stok achter zich dicht.

Y finalmente hubo algo de paz y tranquilidad nuevamente.

En toen keerde eindelijk weer wat rust en stilte terug.

Segunda parte
Deel twee

Gregor no se despertó hasta mucho más tarde ese mismo día.
Gregor werd pas veel later op de dag wakker.
Había anochecido; había dormido profundamente e inconscientemente.
De schemering was gevallen; hij had diep en onbewust geslapen.
Se habría despertado incluso sin que nadie lo hubiera molestado.
Hij zou ook zonder verstoring wakker zijn geworden.
Porque se sentía suficientemente descansado y bien dormido.
Omdat hij zich voldoende uitgerust en goed geslapen voelde.
Pero le pareció oír unos pasos fugaces afuera.
Maar hij meende wat voetstappen buiten te horen.
Y alguien podría haber cerrado cuidadosamente la puerta principal.
En misschien heeft iemand de voordeur zorgvuldig gesloten.
La luz del tranvía eléctrico se reflejaba pálidamente en el techo.
Het zwakke licht van de elektrische tram viel op het plafond.
La parte superior del mueble también recibió un poco de luz.
Ook de bovenkant van het meubelstuk ving een beetje licht op.
Pero allá abajo, a la altura de Gregor, estaba oscuro.
Maar beneden, op de grond, op Gregors niveau, was het donker.
Sus piernas lo empujaron lentamente hacia la puerta nuevamente.
Zijn benen duwden hem langzaam weer richting de deur.
Tenía mucha curiosidad por ver qué había sucedido allí.
Hij was erg benieuwd wat daar gebeurd was.
Pero su control de sus sensores aún no estaba desarrollado.
Maar hij kon zijn tastzin nog niet goed beheersen.

Aunque empezó a apreciar estos nuevos sensores.
Hoewel hij deze nieuwe sensoren steeds meer begon te waarderen.
Una cicatriz larga y desagradable parecía recorrer su costado izquierdo.
Een lang, onaangenaam litteken liep over zijn linkerzij.
La cicatriz parecía como si apretara ese lado de su cuerpo.
Het litteken voelde alsof het die kant van zijn lichaam strakker maakte.
Y entonces tuvo que cojear literalmente sobre sus dos filas de piernas.
En zo moest hij letterlijk mank lopen op zijn twee rijen benen.
Esa mañana una de sus piernas resultó gravemente herida.
Een van zijn benen was die ochtend ernstig gewond geraakt.
Realmente fue un milagro que no se hubiera roto más piernas.
Het was werkelijk een wonder dat hij niet meer benen had gebroken.
Y así arrastró sin vida su pierna herida.
En zo sleepte hij zijn gewonde been levenloos achter zich aan.
Cuando llegó a la puerta se dio cuenta de algo profundo.
Toen hij bij de deur aankwam, besefte hij iets heel ingrijpends.
Fue el olor de algo lo que lo atrajo hasta allí.
Het was de geur van iets dat hem daarheen had gelokt.
A Gregor le habían dejado algo comestible en su habitación.
Er was iets eetbaars voor Gregor in zijn kamer achtergelaten.
Trozos de pan blanco flotando en un cuenco de leche dulce.
Stukjes witbrood drijven in een kom zoete melk.
Apenas podía contener la alegría que había dentro de él.
Hij kon zijn innerlijke vreugde nauwelijks bedwingen.
Ahora tenía incluso más hambre que por la mañana.
Hij had nu nog meer honger dan 's ochtends.
Inmediatamente sumergió su cabeza en el cuenco de leche.
Hij doopte onmiddellijk zijn hoofd in de kom met melk.
La leche le salía casi por toda la cabeza, hasta los ojos.
De melk kwam bijna helemaal uit zijn hoofd, tot aan zijn ogen.

Pero pronto echó la cabeza hacia atrás, amargamente decepcionado.
Maar al snel trok hij zijn hoofd terug, bitter teleurgesteld.
Comer era difícil debido a su delicado lado izquierdo.
Eten was moeilijk vanwege zijn zwakke linkerkant.
Y sólo podía comer jadeando con todo su cuerpo.
En hij kon alleen eten door met zijn hele lichaam te hijgen.
Pero esa no fue la verdadera razón de su decepción.
Maar dat was niet de werkelijke reden voor zijn teleurstelling.
La leche siempre había sido uno de sus platos favoritos.
Melk was altijd al een van zijn favoriete gerechten geweest.
No tenía ninguna duda de que su hermana recordaba esto.
Hij twijfelde er niet aan dat zijn zus zich dit herinnerde.
Y esa fue la razón por la que le había dado leche.
En dat was de reden waarom ze hem melk had gegeven.
No podía explicar por qué ahora no le gustaba la leche.
Hij kon niet uitleggen waarom hij nu een afkeer van melk had.
Y se apartó del cuenco casi con reticencia.
En hij wendde zich bijna met tegenzin af van de kom.
Decepcionado, se arrastró de nuevo hasta el centro de la habitación.
Teleurgesteld kroop hij terug naar het midden van de kamer.
Desde allí pudo ver a través de la rendija de la puerta.
Hier kon hij door de kier in de deur kijken.
Pudo ver que el fuego en la sala de estar estaba encendido.
Hij kon zien dat het vuur in de woonkamer brandde.
Generalmente a esta hora el padre leía el periódico.
Meestal las de vader op dit tijdstip de krant.
Él siempre solía leerle a la madre en voz alta.
Hij las zijn moeder altijd met verheven stem voor.
A veces la hermana también escuchaba al padre.
Soms luisterde de zus ook mee met de vader.
Ella siempre le había contado a Gregor sobre esta lectura en voz alta.
Ze had Gregor altijd verteld over dit hardop lezen.
Pero hoy no se oía ningún sonido en la habitación.
Maar vandaag was er geen geluid uit de kamer te horen.

Quizás este hábito ya había caído en desuso.
Wellicht was deze gewoonte al in onbruik geraakt.
Un profundo silencio se había apoderado de todo el apartamento.
Een diepe stilte had zich over het hele appartement verspreid.
Aunque sabía que el apartamento ciertamente no estaba vacío.
Hoewel hij wist dat het appartement zeker niet leeg stond.
«¡Qué vida tan tranquila lleva la familia!», pensó Gregor.
'Wat een rustig leven leidde die familie,' dacht Gregor.
Y miró hacia la oscuridad con gran orgullo.
En hij staarde vol trots de duisternis in.
Estaba orgulloso de la vida que había podido darles.
Hij was trots op het leven dat hij hen had kunnen geven.
Estaba orgulloso del hermoso apartamento en el que vivían.
Hij was trots op het mooie appartement waarin ze woonden.
¿Pero toda esta paz estaba a punto de tener un final terrible?
Maar stond al deze vrede op het punt een vreselijk einde te kennen?
¿Les iban a quitar su prosperidad?
Zou hun welvaart hen worden afgenomen?
¿Su satisfacción ahora era incierta en el futuro?
Was hun toekomstige tevredenheid nu onzeker?
Pero él no quería perderse en tales pensamientos.
Maar hij wilde zich niet in zulke gedachten verliezen.
Para mantenerse ocupado se arrastraba arriba y abajo por las paredes.
Om zichzelf bezig te houden, kroop hij de muren op en neer.
Durante la larga velada una puerta estaba entreabierta.
Gedurende de lange avond stond één deur op een kier.
Y en otro momento la otra puerta se abrió un poquito.
En op een ander moment ging de andere deur een klein beetje open.
Pero en ambas ocasiones las puertas se cerraron rápidamente de nuevo.
Maar beide keren werden de deuren snel weer gesloten.
Estaba claro que alguien de fuera tenía el deseo de entrar.

Het is duidelijk dat iemand van buitenaf de wens had om
binnen te komen.
**Pero también tenían demasiadas preocupaciones acerca de
venir.**
Maar ze hadden ook te veel bedenkingen bij hun komst.
**Gregor ahora se detuvo directamente en la puerta de la sala
de estar.**
Gregor bleef nu pal voor de deur van de woonkamer staan.
Estaba decidido a tentar de algún modo al indeciso visitante.
Hij was vastbesloten om de aarzelende bezoeker op de een of
andere manier te verleiden.
Y también quería saber quién había sido el visitante.
En hij wilde ook weten wie de bezoeker was geweest.
Pero aquella noche la puerta no se abrió una tercera vez.
Maar die avond werd de deur geen derde keer geopend.
Y Gregorio esperaba en vano junto a la puerta.
En Gregor bracht zijn tijd tevergeefs door met wachten bij de
deur.
Más temprano ese día todos querían entrar a la habitación.
Eerder die dag wilden ze allemaal de kamer in.
**Ahora que las puertas estaban desbloqueadas sería más fácil
para ellos.**
Nu de deuren open waren, zou het voor hen gemakkelijker
zijn.
Pero ellos prefirieron quedarse al otro lado de la habitación.
Maar ze kozen ervoor om aan de andere kant van de kamer te
blijven.
**Gregor se dio cuenta de que las llaves ya no estaban en sus
cerraduras.**
Gregor merkte dat de sleutels niet meer in de sloten zaten.
Alguien debe haber movido las llaves a la cerradura exterior.
Iemand moet de sleutels naar het buitenslot hebben verplaatst.
Sólo tarde por la noche se apagó la luz de la sala de estar.
Pas laat in de avond werd het licht in de woonkamer
uitgedaan.
La familia debe haber permanecido despierta todo el tiempo.
Het gezin moet de hele tijd wakker zijn gebleven.

Y Gregor podía oírlos claramente alejándose de puntillas.
En Gregor kon duidelijk horen hoe ze op hun tenen
wegslopen.
Ahora nadie vendría a ver a Gregor hasta la mañana.
Niemand zou tot de volgende ochtend naar Gregor komen.
**Así que tuvo mucho tiempo para sí mismo, para pensar sin
interrupciones.**
Hij had dus ruim de tijd voor zichzelf, om ongestoord na te
denken.
¿Cuál sería la mejor manera de reorganizar su vida ahora?
Wat zou de beste manier zijn om zijn leven nu opnieuw in te
richten?
Pero las altas paredes de la habitación vacía lo asustaban.
Maar de hoge muren van de lege kamer boezemden hem
angst in.
No le quedó más remedio que tumbarse en el suelo.
Hij had geen andere keus dan zich plat op de grond te laten
vallen.
Y nunca encontró la causa de su miedo en ese espacio.
En hij vond de oorzaak van zijn angst nooit in die ruimte.
**Era la misma habitación en la que había vivido durante
cinco años.**
Het was dezelfde kamer waar hij al vijf jaar woonde.
Medio inconscientemente hizo un movimiento hacia el sofá.
Halfbewust maakte hij een beweging richting de bank.
Y sin ninguna vergüenza se escondió debajo del sofá.
En zonder enige schaamte verstopte hij zich onder de bank.
Allí abajo se sintió inmediatamente de nuevo muy a gusto.
Daar beneden voelde hij zich meteen weer helemaal op zijn
gemak.
A pesar de que tenía la espalda un poco presionada.
Ondanks het feit dat zijn rug een beetje bekneld zat.
Ya no podía levantar la cabeza debajo del sofá.
Hij kon zijn hoofd ook niet meer onder de bank uitsteken.
**Pero incluso esto lo prefería a estar en cualquier espacio
abierto.**
Maar zelfs dat verkoos hij boven een open gebied.

Sin embargo, lamentó que su cuerpo fuera tan ancho.
Hij vond het echter wel jammer dat zijn lichaam zo breed was.
El sofá no podía cubrir completamente todo su cuerpo.
De bank kon zijn hele lichaam niet volledig bedekken.
Se quedó debajo del sofá toda la noche.
Hij bleef de hele nacht onder de bank liggen.
La noche la pasó medio dormido, perturbado por el hambre.
De nacht bracht hij halfslapend door, gestoord door zijn honger.
Y el tiempo que estaba despierto lo pasaba preocupado o esperanzado.
En de tijd dat hij wakker was, bracht hij door met piekeren of met hoop.
Pero todas sus vagas esperanzas llevaron a la misma conclusión.
Maar al zijn vage hoop leidde tot dezelfde conclusie.
No tuvo más remedio que permanecer en silencio por el momento.
Hij had geen andere keus dan voorlopig te zwijgen.
Tuvo que mostrar paciencia y consideración hacia la familia.
Hij moest geduld en begrip tonen voor het gezin.
Era la única manera de hacer soportable el inconveniente.
Het was de enige manier om het ongemak draaglijk te maken.
Los inconvenientes que ahora estaba causando a la familia.
Het ongemak dat hij het gezin nu oplegde.
No tuvo que esperar mucho para demostrar su compasión.
Hij hoefde niet lang te wachten om zijn medeleven te bewijzen.
Temprano por la mañana la hermana miró dentro de su habitación.
's Ochtends vroeg keek de zus in zijn kamer.
Aunque en realidad era tan de noche como de mañana.
Hoewel het in werkelijkheid net zo goed nacht als ochtend was.
Ella estaba completamente vestida y parecía mostrar entusiasmo.
Ze was volledig aangekleed en leek opgewonden.

La fuerza de su nueva decisión podría ser puesta a prueba.

De geldigheid van zijn nieuwe beslissing zou op de proef gesteld kunnen worden.

Ella no lo encontró inmediatamente con su primera mirada.

Ze zag hem niet meteen bij de eerste blik.

Tenía que estar en algún lugar, no podía haber volado.

Hij moest ergens zijn; hij kon niet weggevlogen zijn.

Pero entonces sus ojos hicieron un segundo recorrido por la habitación.

Maar toen liet ze haar blik nog een keer over de kamer glijden.

Y esta vez vio su torso debajo del sofá.

En dit keer zag ze zijn torso onder de bank.

Estaba tan asustada que perdió todo el control de sí misma.

Ze was zo bang dat ze alle zelfbeheersing verloor.

Y su primera reacción fue cerrar la puerta de golpe.

Haar eerste reactie was om de deur weer dicht te slaan.

Pero también pareció arrepentirse inmediatamente de su comportamiento.

Maar ze leek ook meteen spijt te hebben van haar gedrag.

Tan pronto como cerró la puerta de golpe, la abrió de nuevo.

Zodra ze de deur had dichtgeslagen, opende ze die meteen weer.

Y esta vez entró de puntillas en la habitación con cuidado.

En dit keer sloop ze voorzichtig de kamer binnen.

Se movía como si estuviera visitando a una persona gravemente enferma.

Ze bewoog zich alsof ze een ernstig zieke bezocht.

O tal vez estaba visitando a un completo desconocido.

Of ze was misschien op bezoek bij een volstrekt onbekende.

Gregor empujó su cabeza casi hasta el borde del sofá.

Gregor drukte zijn hoofd bijna tegen de rand van de bank.

Y desde debajo de la caja fuerte la observaba en la habitación.

En vanonder de kluis hield hij haar in de kamer in de gaten.

¿Se daría cuenta de que había dejado la leche?

Zou ze merken dat hij de melk had laten staan?

No había dejado la leche por falta de hambre.

Hij had de melk niet laten staan omdat hij geen honger had.
¿En lugar de eso le traería comida diferente?
Zou ze hem in plaats daarvan ander eten brengen?
Quizás un plato que se ajustara mejor a sus preferencias.
Misschien een gerecht dat beter bij zijn voorkeuren paste.
Pero ella misma habría tenido que notar su apetito.
Maar ze had zijn eetlust zelf moeten opmerken.
Preferiría morir de hambre antes que hacerle saber eso.
Hij had liever verhongerd dan haar erachter te laten komen.
En realidad le habría gustado mucho decírselo.
Eigenlijk had hij het haar heel graag willen vertellen.
Estuvo realmente tentado de disparar desde debajo del sofá.
Hij had echt de neiging om onder de bank vandaan te schieten.
Quería arrojarse a los pies de su hermana.
Hij wilde zich aan de voeten van zijn zus neerwerpen.
Y quiso pedirle algo bueno para comer.
En hij wilde haar vragen of ze iets lekkers te eten wilde.
Pero entonces la hermana miró hacia el cuenco de leche.
Maar toen keek de zus naar de kom met melk.
Inmediatamente se dio cuenta de que el cuenco todavía estaba lleno.
Ze merkte meteen dat de kom nog vol was.
Le sorprendió bastante que Gregor no hubiera comido nada.
Ze was nogal verbaasd dat Gregor niets gegeten had.
Sólo se había derramado un poco de leche en el suelo.
Er was slechts een klein beetje melk op de vloer gemorst.
Inmediatamente cogió el cuenco y lo sacó.
Ze pakte de kom meteen op en droeg hem naar buiten.
Él vio que ella no recogió el cuenco con sus propias manos.
Hij zag dat ze de kom niet met haar blote handen oppakte.
En lugar de eso, recogió el cuenco con uno de los trapos.
In plaats daarvan pakte ze de kom op met een van de doeken.
Pero Gregor se olvidó muy rápidamente de este pequeño detalle.
Maar Gregor vergat dit kleine detail al snel.
Ahora estaba mucho más entusiasmado por otra cosa.

Hij was nu veel enthousiaster over iets anders.
¿Qué podría traer como reemplazo de la leche?
Wat zou ze in plaats van de melk kunnen meenemen?
Tenía varios pensamientos sobre lo que ella podría traer.
Hij had allerlei ideeën over wat ze zou kunnen meebrengen.
Pero la bondad de su hermana superó sus expectativas.
Maar de vriendelijkheid van zijn zus overtrof zijn verwachtingen.
Se dio cuenta de que tenía que probar cuáles eran sus nuevos gustos.
Ze besefte dat ze moest uitproberen wat zijn nieuwe smaak was.
Así que trajo toda una selección de alimentos diferentes.
Ze bracht dus een hele reeks verschillende soorten eten mee.
Verduras medio podridas, huesos de la cena.
Halfverrotte groenten, botten van de avondmaaltijd.
Salsa solidificada de la otra comida que habían comido.
Gestolde saus van de andere maaltijd die ze hadden gegeten.
Unas pasas, unas almendras, pan seco, pan con mantequilla.
Een paar rozijnen, wat amandelen, droog brood, boterbrood.
Un poco de pan untado con mantequilla y también con sal.
Een stuk brood dat met boter en zout was besmeerd.
Queso que Gregor había declarado incomestible hacía dos días.
Kaas die Gregor twee dagen geleden oneetbaar had verklaard.
Toda esta selección de comida fue colocada en un periódico.
Al deze voedselproducten werden op een krant uitgestald.
Y también colocó un recipiente con agua al lado de sus comidas.
En ze zette ook een kom water naast zijn maaltijden.
Ella sabía que Gregor no habría comido delante de ella.
Ze wist dat Gregor niet in haar bijzijn zou eten.
Entonces, por respeto hacia él, salió nuevamente de la habitación.
Uit respect voor hem verliet ze de kamer dus weer.
Y hasta giró la llave en la cerradura al salir.
En ze draaide zelfs de sleutel in het slot om toen ze wegging.

Pero ella giró la llave muy silenciosamente y con mucho cuidado.

Maar ze draaide de sleutel heel stil en voorzichtig om.

De esta manera sólo Gregor sabría que la puerta estaba cerrada.

Op deze manier zou alleen Gregor weten dat de deur op slot zat.

Ahora podía ponerse tan cómodo como quisiera.

Nu kon hij het zich zo comfortabel maken als hij wilde.

Las piernas de Gregor zumbaban cuando llegó la hora de comer.

Gregors benen zoemden in het rond toen het tijd was om te eten.

Lo que vale la pena destacar es que ya no sentía ninguna molestia.

Het is vermeldenswaard dat hij geen ongemak meer ondervond.

Sus heridas deben haber sanado ya por completo.

Zijn wonden moeten inmiddels al volledig genezen zijn.

Porque ya no sentía sus discapacidades anteriores.

Omdat hij zijn eerdere beperkingen niet meer voelde.

Su nueva capacidad de curar lo sorprendió y lo asombró.

Zijn nieuwe vermogen om te genezen verraste en verbaasde hem.

Hace más de un mes se cortó el dedo con un cuchillo.

Ruim een maand geleden sneed hij zich met een mes in zijn vinger.

Hasta hace dos días esa herida todavía le dolía.

Tot twee dagen geleden deed die wond hem nog steeds pijn.

"¿Soy mucho menos sensible ahora?" pensó para sí mismo.

'Ben ik nu veel minder gevoelig?' dacht hij bij zichzelf.

Para entonces ya estaba chupando con avidez el queso.

Inmiddels zoog hij al gretig aan de kaas.

Se sintió atraído por el queso más que por el resto de la comida.

Hij voelde zich meer aangetrokken tot de kaas dan tot de andere gerechten.

Comió rápidamente un trozo de queso tras otro.
Hij at snel het ene stuk kaas na het andere op.
Sus ojos se llenaron de lágrimas de satisfacción al probarlo.
Zijn ogen vulden zich met tranen van genot bij de smaak
ervan.
Después del queso comió las verduras y la salsa.
Na de kaas at hij de groenten en de saus.
Sin embargo, la comida fresca no le sabía bien.
Het verse voedsel smaakte hem echter niet goed.
**De hecho, ni siquiera podía soportar el olor de la comida
fresca.**
Hij kon zelfs de geur van vers voedsel niet verdragen.
**Incluso arrastró el resto de la comida lejos de la comida
fresca.**
Hij sleepte zelfs het andere eten weg van het verse eten.
Y muy rápidamente terminó la comida más comestible.
En al snel had hij het lekkerste eten op.
**Toda aquella deliciosa comida tuvo sobre él un efecto
soporífero.**
Al dat heerlijke eten had een verdovend effect op hem.
**Y él permaneció acostado perezosamente en el lugar donde
había comido.**
En hij lag loom op de plek waar hij gegeten had.
**Finalmente su hermana regresó para ver cómo estaba
nuevamente.**
Uiteindelijk kwam zijn zus weer even kijken hoe het met hem
ging.
Tuvo la previsión de girar la llave muy lentamente.
Ze had de vooruitziende blik om de sleutel heel langzaam om
te draaien.
Esto le dio a Gregor una advertencia de que debía retirarse.
Dit gaf Gregor de waarschuwing dat hij zich moest
terugtrekken.
**Aturdido y sobresaltado, se apresuró a volver debajo del
sofá.**
Verward en geschrokken kroop hij snel terug onder de bank.
Pero quedarse debajo del sofá no fue tan fácil esta vez.

Maar onder de bank blijven was dit keer niet zo makkelijk.

Su cuerpo se había vuelto un poco redondeado por tanta comida.

Zijn lichaam was door al het eten wat ronder geworden.

Y tuvo que controlarse para no quedarse sin nada otra vez.

En hij moest zich inhouden om niet weer naar buiten te rennen.

Aunque la hermana no permaneció mucho tiempo en la habitación.

Hoewel de zus niet lang in de kamer bleef.

Le costaba respirar en ese estrecho espacio.

Hij had moeite met ademhalen in die krappe ruimte.

Pero él siguió adelante a pesar de los pequeños ataques de asfixia.

Maar hij doorstond de korte momenten van verstikking.

Con ojos desorbitados observaba las actividades de la hermana.

Met wijd opengesperde ogen observeerde hij de bezigheden van zijn zus.

La hermana desprevenida vertió todo en un balde.

De nietsvermoedende zus goot alles in een emmer.

Ella no sólo se deshizo de la comida que Gregor no había comido.

Ze gooide niet alleen het eten weg dat Gregor niet had opgegeten.

Pero también se deshizo de la comida que él no había tocado.

Maar ze gooide ook het eten weg dat hij niet had aangeraakt.

Al parecer esa comida ya no era comestible para nadie.

Blijkbaar was dat voedsel nu voor niemand meer eetbaar.

Luego cerró el cubo de comida con una tapa de madera.

Vervolgens sloot ze de emmer met voedsel af met een houten deksel.

Y con la comida, el balde y el trapeador, se fue.

En met het eten, de emmer en de dweil vertrok ze.

Gregor no habría podido esperar mucho más tiempo.

Gregor had niet veel langer kunnen wachten.

Tan pronto como ella se fue, él se escapó de debajo del sofá.
Zodra ze weg was, glipte hij onder de bank vandaan.
Y se estiró y resopló aliviado.
En hij strekte zich uit en haalde opgelucht adem.
Así recibía Gregorio comida de vez en cuando.
Zo kwam Gregor zo nu en dan aan voedsel.
Su hermana le dio de comer una vez temprano en la mañana.
Zijn zus gaf hem 's ochtends vroeg een keer wat te eten.
A esta hora los padres y la criada todavía dormían.
Op dat uur sliepen de ouders en de dienstmeid nog.
Y recibió una segunda comida después de que todos almorzaron.
En hij kreeg een tweede maaltijd nadat iedereen had geluncht.
Porque en ese momento los padres también durmieron un rato.
Omdat de ouders op dat moment ook even sliepen.
Y la doncella fue enviada por su hermana a hacer algún recado.
En de dienstmeid werd door de zus op een boodschap gestuurd.
Ciertamente no tenían intención de dejar morir de hambre a Gregor.
Ze waren absoluut niet van plan Gregor te laten verhongeren.
Pero tampoco hubieran querido verlo comer.
Maar ze zouden hem ook niet graag hebben zien eten.
Lo que mencionó la hermana fue suficiente información.
Wat de zus vertelde, was voldoende informatie.
Quizás era su manera de ahorrarles dolor a los padres.
Misschien wilde ze de ouders op die manier verdriet besparen.
Ya habían sufrido bastante por sus acciones.
Ze hadden al genoeg geleden onder zijn daden.

El primer día se iba convirtiendo poco a poco en un recuerdo lejano.
De eerste dag werd langzaam een vage herinnering.
Gregor no tenía forma de saber lo que pasó ese día.

Gregor had geen idee wat er die dag gebeurd was.

¿Cómo fue guiado el cerrajero fuera del apartamento?

Hoe werd de slotenmaker uit het appartement geleid?

¿Con qué excusas quedó finalmente satisfecho el médico?

Met welke excuses was de dokter uiteindelijk tevreden?

No había encontrado ningún modo de hacerse entender.

Hij had geen manier gevonden om zich verstaanbaar te maken.

Ni siquiera logró comunicarse con su hermana.

Hij slaagde er zelfs niet in om met zijn zus te communiceren.

Y entonces pensaron que no podía entenderlos.

En daarom dachten ze dat hij hen niet kon verstaan.

Y por eso no se hizo ningún esfuerzo para hablar con él.

En daarom werd er geen poging gedaan om met hem te spreken.

Su hermana entraba en su habitación todas las mañanas y a la hora del almuerzo.

Zijn zus kwam elke ochtend en elke middag zijn kamer binnen.

Pero él tuvo que contentarse con escuchar sus suspiros.

Maar hij moest zich tevredenstellen met het horen van haar zuchten.

Más tarde se acostumbró un poco más a la forma de Gregor.

Later raakte ze wel wat meer gewend aan Gregors houding.

Y se sintió un poco más libre para hacer más comentarios.

En ze voelde zich iets vrijer om meer opmerkingen te maken.

(Aunque nunca se acostumbraría del todo a él.)

(Hoewel ze nooit helemaal aan hem zou wennen.)

Y entonces Gregor se sintió nuevamente hablado un poco más.

En toen voelde Gregor zich weer wat meer aangesproken.

Y captó lo que percibió como comentarios amistosos.

En hij ving opmerkingen op die hij als vriendelijk beschouwde.

"Disfrutó su comida hoy" o "comió todo".

"Hij heeft vandaag van zijn eten genoten," of "hij heeft alles opgegeten."

Pero eso fue sólo cuando hubo comido toda su comida.

Maar dat was pas nadat hij al zijn eten had opgegeten.

Pero últimamente esto se está volviendo cada vez menos frecuente.

Maar de laatste tijd kwam dit steeds minder vaak voor.

"Apenas tocaba la comida", decía ella con más frecuencia ahora.

"Hij raakte zijn eten nauwelijks aan," zei ze nu vaker.

Y había un toque de tristeza en su voz cada vez.

En elke keer klonk er een vleugje verdriet in haar stem.

Gregor no pudo escuchar ninguna otra noticia más directamente.

Gregor kon geen ander nieuws zo direct horen.

Pero escuchó muchas noticias de las habitaciones contiguas.

Maar hij ving wel veel nieuws op uit de aangrenzende kamers.

Al oír voces corrió hacia la puerta correspondiente.

Toen hij stemmen hoorde, rende hij naar de bijbehorende deur.

Y apretó todo su cuerpo contra la puerta para escuchar.

En hij drukte zich met zijn hele lichaam tegen de deur om te kunnen horen.

Todas las conversaciones le concernían de una manera u otra.

Alle gesprekken gingen op de een of andere manier over hem.

Incluso cuando el tema parecía ser sobre otra cosa.

Zelfs wanneer het onderwerp ogenschijnlijk over iets anders ging.

Esta observación fue especialmente cierta en los primeros tiempos.

Deze constatering gold met name in de beginperiode.

Durante cada comida repetían la misma discusión.

Tijdens elke maaltijd herhaalden ze hetzelfde gesprek.

Todavía no estaban seguros de cómo comportarse a su alrededor.

Ze wisten nog steeds niet goed hoe ze zich rondom hem moesten gedragen.

Pero el mismo tema también se discutió entre comidas.

Maar hetzelfde onderwerp werd ook tussen de maaltijden
door besproken.
Porque siempre había dos miembros de la familia en casa.
Omdat er altijd twee gezinsleden thuis waren.
Nadie quería quedarse solo en la casa.
Niemand wilde alleen in huis blijven.
Pero dejar el piso vacío tampoco era una opción.
Maar het was ook uitgesloten om het appartement leeg te
laten staan.
La criada era la única que no estaba atada al apartamento.
De dienstmeid was de enige die niet aan het appartement
gebonden was.
Ella ya había pedido irse el primer día.
Ze had al op de eerste dag gevraagd om te mogen vertrekken.
Ella se puso de rodillas y pidió que la despidieran.
Ze knielde neer en smeekte om ontslagen te worden.
La familia no sabía cuánto sabía realmente la criada.
De familie wist niet hoeveel de dienstmeid eigenlijk wist.
En ese momento ella no había visto más que nadie.
Op dat moment had ze nog niet meer gezien dan wie dan ook.
Lo sucedido todavía era un misterio para la familia.
Wat er precies gebeurd was, bleef voor de familie een raadsel.
Pero un cuarto de hora después se despidió.
Maar een kwartier later nam ze afscheid.
Y agradeció a la familia con lágrimas en los ojos.
En ze bedankte de familie met tranen in haar ogen.
Pero en realidad les agradeció por haberla liberado.
Maar eigenlijk bedankte ze hen dat ze haar hadden vrijgelaten.
Parecían haberle mostrado la mayor bondad.
Ze leken haar buitengewoon vriendelijk te zijn geweest.
Incluso hizo un juramento sin que se lo pidieran.
Ze legde zelfs een eed af, zonder dat haar daarom gevraagd
werd.
Dijo que no le contaría a nadie lo que había sucedido.
Ze zei dat ze niemand zou vertellen wat er was gebeurd.
Ahora la hermana tenía que cocinar junto con su madre.
Nu moest de zus samen met haar moeder koken.

Pero esto realmente no era un gran inconveniente.
Maar dit was eigenlijk niet zo'n groot ongemak.
Porque de todas formas los dos no comían casi nada.
Omdat ze allebei toch bijna niets aten.
Gregor escuchó una y otra vez la misma conversación.
Steeds weer ving Gregor hetzelfde gesprek op.
Una persona le decía a otra que tenía que comer más.
De een zei tegen de ander dat ze meer moesten eten.
Pero esa persona no recibió ninguna respuesta de la persona.
Maar die persoon kreeg geen antwoord van die persoon.
"Gracias, tengo suficiente", o algo similar.
"Dank u wel, ik heb genoeg", of iets dergelijks.
Quizás ya no bebían nada tampoco.
Misschien dronken ze ook helemaal niets meer.
**La hermana a menudo le preguntaba a su padre si quería
cerveza.**
De zus vroeg haar vader vaak of hij bier wilde.
**Y ella misma se ofreció calurosamente a ir a buscar la
cerveza.**
En ze bood hartelijk aan om zelf het bier te halen.
El padre siempre permanecía en silencio ante su petición.
De vader zweeg altijd op haar verzoek.
**Así que la hermana tuvo que encontrar una manera de
eliminar cualquier duda.**
De zus moest dus een manier vinden om alle twijfel weg te
nemen.
Y ella dijo que enviaría a la criada a buscar algo de cerveza.
En ze zei dat ze de dienstmeid zou sturen om bier te halen.
**Pero entonces el padre finalmente dijo un gran y rotundo
"no".**
Maar toen zei de vader uiteindelijk luid en duidelijk: "nee".
**Luego ya no se volvió a mencionar el tema de tomar una
cerveza.**
Het onderwerp van het feit dat hij een biertje had gedronken,
werd vervolgens niet meer ter sprake gebracht.
Ya había explicado anteriormente la situación financiera.
Hij had de financiële situatie al eerder uitgelegd.

De hecho, mencionó las finanzas el primer día.
Sterker nog, hij sprak al op de eerste dag over financiën.
Les hizo saber perfectamente cuáles eran las perspectivas.
Hij maakte hen terdege bewust van de vooruitzichten.
Su propio negocio se había derrumbado hacía unos cinco años.
Zijn eigen bedrijf was zo'n vijf jaar geleden failliet gegaan.
De vez en cuando se levantaba para abandonar la mesa.
Zo nu en dan stond hij op om van tafel te gaan.
Y se dirigió a la caja registradora de su antiguo negocio.
En hij liep naar de kassa van zijn oude zaak.
Había salvado la caja registradora por sentimentalismo.
Hij had de kassa uit sentimentele overwegingen bewaard.
Gregor lo oyó abrir una cerradura pesada y complicada.
Gregor hoorde hem een zwaar en ingewikkeld slot openmaken.
Y sacó recibos y libros de la caja.
En hij haalde bonnetjes en boekjes uit de kassalade.
Después de tomar los objetos volvió a cerrar la caja fuerte.
Nadat hij de spullen had meegenomen, deed hij de geldkist weer op slot.
Gregor no había tenido buenas noticias desde su encarcelamiento.
Gregor had sinds zijn gevangenschap geen enkel goed nieuws vernomen.
Pensó que el negocio había llevado a la quiebra a su padre.
Hij dacht dat het bedrijf zijn vader failliet had gemaakt.
El padre seguramente le había dado esa impresión a Gregor.
De vader had Gregor die indruk zeker gegeven.
Y Gregor nunca le preguntó más sobre las finanzas.
En Gregor heeft hem nooit meer vragen gesteld over de financiën.
Gregor quería hacer todo lo posible para ayudar a la familia.
Gregor wilde er alles aan doen om het gezin te helpen.
Quería ayudarlos a olvidar la desgracia empresarial.
Hij wilde hen helpen de zakelijke tegenslag te vergeten.
La quiebra que provocó la desesperanza más completa.

Het faillissement dat leidde tot volkomen hopeloosheid.
Así que empezó a trabajar con una pasión muy especial.
Hij begon daarom met een bijzondere passie aan zijn werk.
Se había convertido en un vendedor ambulante casi de la noche a la mañana.
Hij was vrijwel van de ene op de andere dag reizend verkoper geworden.
Antes de eso, sólo había trabajado como empleado con un salario bajo.
Daarvoor had hij gewerkt als een laagbetaalde klerk.
Ahora tenía oportunidades de ingresos completamente diferentes.
Nu had hij compleet andere verdienmogelijkheden.
Las ventas exitosas podrían convertirse inmediatamente en efectivo.
Succesvolle verkopen kunnen direct in contanten worden omgezet.
El dinero en efectivo, por supuesto, se paga con sus comisiones.
Het geld wordt uiteraard uitbetaald uit zijn commissies.
Ahora Gregor podía poner dinero en la mesa familiar.
Nu kon Gregor geld op tafel leggen voor het gezin.
Y estaban asombrados y contentos con sus ganancias.
En ze waren verbaasd en blij met zijn inkomsten.
Pero esos tiempos hermosos no se repetirán nuevamente.
Maar die mooie tijden zullen zich niet herhalen.
Apenas se habían acostumbrado a esos buenos tiempos.
Ze waren net gewend geraakt aan deze fijne tijden.
Cada día de pago la familia aceptaba el dinero con gratitud.
Elke keer dat het salaris werd uitbetaald, nam het gezin het geld dankbaar in ontvangst.
Y Gregor estaba igualmente feliz de entregar el dinero.
En Gregor was al even blij om het geld te overhandigen.
Pero el cálido afecto que recibía a cambio fue muriendo lentamente.
Maar de warme genegenheid die daarvoor in ruil werd gegeven, verdween langzaam.

Sólo su hermana permaneció tan cerca de Gregor como antes.
Alleen zijn zus bleef net zo close met Gregor als voorheen.
Ella, a diferencia de Gregor, tenía un profundo aprecio por la música.
Zij had, in tegenstelling tot Gregor, een grote waardering voor muziek.
Y ella sabía tocar el violín de una manera muy conmovedora.
En ze kon op een zeer ontroerende manier vioolspelen.
Gregor planeó en secreto enviarla a la escuela de música.
Gregor had in het geheim plannen gemaakt om haar naar een muziekschool te sturen.
Aún no había decidido cómo pagaría los gastos.
Hij had nog niet besloten hoe hij de kosten zou betalen.
Pero de una forma u otra cubriría los costos.
Maar op de een of andere manier zou hij de kosten wel dekken.
De vez en cuando Gregor y su familia hacían pequeños viajes.
Zo nu en dan maakten Gregor en zijn gezin korte uitstapjes.
Gregor y su hermana abordaron este tema con frecuencia.
Gregor en zijn zus brachten het onderwerp vaak ter sprake.
Pero sólo se mencionó como una idea maravillosa.
Maar het werd altijd alleen maar genoemd als een fantastisch idee.
Realmente no creían que el sueño pudiera realizarse.
Ze geloofden eigenlijk niet dat de droom werkelijkheid kon worden.
Y a los padres no les gustaban esas ambiciones fantasiosas.
En de ouders waren niet gecharmeerd van zulke vergezochte ambities.
Incluso cuando el tema se planteó de manera muy inocente.
Zelfs toen het onderwerp op een heel onschuldige manier ter sprake kwam.
Pero Gregor seguía pensando en la escuela de música.
Maar Gregor bleef aan de muziekschool denken.
Y tenía pensado anunciar el regalo en Nochebuena.

En hij was van plan het cadeau op kerstavond bekend te maken.

Por supuesto, en su estado actual sería imposible.

In zijn huidige toestand zou dat natuurlijk onmogelijk zijn.

Pero ese tipo de pensamientos pasaban por su cabeza.

Maar zulke gedachten spookten wel door zijn hoofd.

Y tenía estos pensamientos mientras escuchaba a la familia.

En die gedachten kwamen bij hem op terwijl hij naar de familie luisterde.

A veces se cansaba demasiado para seguir escuchándolos.

Soms werd hij te moe om nog langer naar hen te luisteren.

Su cabeza cayó contra la puerta por el cansancio.

Hij liet zijn hoofd vermoeid tegen de deur zakken.

Pero inmediatamente volvió a apoyar la cabeza contra la puerta.

Maar hij drukte onmiddellijk zijn hoofd weer tegen de deur.

Porque incluso el ruido más leve se podía oír afuera.

Want zelfs het kleinste geluidje was buiten te horen.

Y cualquier ruido que hacía hacía que la familia se quedara en silencio.

En elk geluid dat hij maakte, deed het gezin verstommen.

"¿Qué está haciendo ahora?" preguntó el padre a la familia.

'Wat doet hij nu?' vroeg de vader aan het gezin.

Y fue a la puerta para comprobar qué era aquel ruido.

En hij ging naar de deur om te kijken wat het lawaai was.

Y luego la conversación interrumpida se reanudó gradualmente.

En vervolgens werd het onderbroken gesprek geleidelijk hervat.

Pero lo que dijo el padre sorprendió positivamente a todos.

Maar wat de vader zei, verraste iedereen ten zeerste.

Gregor ahora conoció la verdadera situación de las finanzas.

Gregor kwam nu achter de ware stand van zaken met betrekking tot de financiën.

A pesar de todas las desgracias, hubo algo de buena suerte.

Ondanks alle tegenslagen was er ook enig geluk.

Aún quedaba allí una muy pequeña fortuna de los viejos tiempos.

Er was nog een klein fortuintje uit de oude tijd overgebleven.

El padre explicó las cosas, pero tuvo que repetirlas.

De vader legde de zaken uit, maar moest zichzelf herhalen.

Porque hacía tiempo que no se ocupaba de estas cosas.

Omdat hij zich al een tijdje niet meer met deze zaken had beziggehouden.

Y porque la madre no entendía tales cosas.

En omdat de moeder dat soort dingen niet begreep.

Los tipos de interés del banco habían subido un poco.

De rente van de bank was iets gestegen.

El dinero intacto había aumentado más de lo esperado.

Het onaangeroerde geld was meer toegenomen dan verwacht.

Además Gregor siempre les había dado sus ahorros.

Bovendien gaf Gregor hen altijd zijn spaargeld.

Sólo había conservado unos pocos florines para sí.

Hij had altijd maar een paar gulden voor zichzelf gehouden.

Y su dinero aún no se había agotado por completo.

En zijn geld was ook nog niet helemaal op.

En conjunto, este dinero se había acumulado hasta formar un pequeño capital.

Dit geld had zich inmiddels opgestapeld tot een klein kapitaal.

Gregor, detrás de su puerta, asintió con entusiasmo ante la noticia.

Gregor, die achter zijn deur stond, knikte gretig bij het horen van het nieuws.

Le agradó esta inesperada cautela y frugalidad.

Hij was verheugd over deze onverwachte voorzichtigheid en zuinigheid.

Los fondos sobrantes podrían haberse utilizado para pagar la deuda.

De overtollige middelen hadden gebruikt kunnen worden om de schuld af te lossen.

Entonces ya no le deberían nada al patrón.

Dan zouden ze de baas niets meer verschuldigd zijn geweest.

Y Gregor podría haber cambiado de trabajo mucho antes.

En Gregor had veel eerder een nieuwe baan kunnen vinden.
Pero ahora la manera como el padre lo dispuso estaba mucho mejor.
Maar de manier waarop de vader het had geregeld, was nu veel beter.
El dinero no era suficiente para vivir de los intereses.
Het geld was net niet genoeg om van de rente te leven.
Y había que reservar algo de dinero para emergencias.
En er moest ook geld opzijgezet worden voor noodgevallen.
Sólo habría sido suficiente dinero para uno o dos años.
Dat zou slechts genoeg geld zijn geweest voor een jaar of twee.
Esto significaba que alguien tenía que ganar dinero para que pudieran vivir.
Dit betekende dat iemand geld moest verdienen om hen van te laten leven.
El padre no estaba enfermo y era bastante fuerte.
De vader was niet ongezond en hij was sterk genoeg.
Pero llevaba más de cinco años sin trabajo.
Maar hij was al meer dan vijf jaar werkloos.
Y, debido a su edad, le quedaba poca confianza en sí mismo.
En door zijn leeftijd had hij nog maar weinig zelfvertrouwen over.
También había engordado mucho en los últimos tiempos.
Hij was de laatste tijd ook flink aangekomen.
Su vida siempre había sido ardua y sin éxito.
Zijn leven was altijd zwaar en onsuccesvol geweest.
Y éstas habían sido las primeras vacaciones que había tenido.
En dit was de eerste vakantie die hij ooit had gehad.
Y sin estar ocupado se había vuelto bastante torpe.
En doordat hij niet bezig werd gehouden, was hij behoorlijk onhandig geworden.
¿Sería mejor si la anciana madre ganara el dinero?
Zou het niet beter zijn als de oude moeder het geld zelf verdiende?
La anciana madre que sufría de asma.
De oude moeder die aan astma leed.

La anciana madre que luchaba por subir las escaleras.
De oude moeder die moeite had om de trap op te lopen.
La anciana madre que pasaba el tiempo tumbada en el sofá.
De oude moeder die haar tijd doorbracht liggend op de bank.
La anciana madre que prefería quedarse junto a la ventana.
De oude moeder die het liefst bij het raam bleef zitten.
Para poder recuperar el aliento cuando lo necesitara.
Zodat ze op adem kon komen wanneer dat nodig was.
¿Sería mejor si la hermana joven ganara el dinero?
Zou het niet beter zijn als de jongere zus het geld verdiende?
La hermana, que a sus diecisiete años era todavía apenas una niña.
De zus, die op zeventienjarige leeftijd nog maar een kind was.
La hermana que sólo tuvo unos pocos placeres modestos.
De zus die slechts een paar bescheiden genoegens kende.
La hermana a quien le gustaba principalmente tocar el violín.
De zus die vooral graag viool speelde.
Ella sabía que su anterior forma de vida era muy envidiable;
Ze wist dat haar vroegere levensstijl zeer benijdenswaardig was;
Vestirse bien, levantarse tarde, ayudar en la casa.
Je netjes aankleden, laat opstaan en meehelpen in huis.
La conversación a menudo giraba en torno a la necesidad de ganar dinero.
Het gesprek ging vaak over de noodzaak om geld te verdienen.
Gregor siempre era el primero en soltar la puerta.
Gregor was altijd de eerste die de deur losliet.
La conversación lo puso caliente de vergüenza y dolor.
Het gesprek vervulde hem met schaamte en verdriet.
Entonces se dejó caer en el refrescante sofá de cuero.
Dus liet hij zich neervallen op de verkoelende leren bank.
Y a menudo pasaba el resto de la noche en el sofá.
En hij bracht de rest van de nacht vaak door op de bank.
Nunca durmió realmente en el sofá, ni tampoco por la noche.
Hij sliep eigenlijk nooit op de bank, en ook niet 's nachts.

A menudo, simplemente se quedaba rascando el cuero durante horas y horas.

Vaak krabde hij urenlang aan het leer.

Otras veces empujaba el sillón hacia la ventana.

Soms schoof hij de fauteuil naar het raam.

Esto solo requirió un gran esfuerzo de su parte.

Dit alleen al vergde een enorme inspanning van zijn kant.

El sillón le ayudó a subirse al alféizar de la ventana.

De fauteuil hielp hem om op de vensterbank te kruipen.

Y desde allí pudo apoyarse en la ventana.

En van daaruit kon hij tegen het raam leunen.

Solía sentir una gran sensación de libertad al hacer esto.

Hij ervoer hierbij een groot gevoel van vrijheid.

Quizás estaba buscando algún viejo sentimiento liberador.

Misschien was hij op zoek naar een oud, bevrijdend gevoel.

Pero su visión no era tan nítida como solía ser.

Maar zijn zicht was niet meer zo scherp als vroeger.

Las cosas a cierta distancia se veían borrosas e indistintas.

Objecten op kleine afstand waren wazig en onduidelijk.

Ya no podía ver el hospital al otro lado de la calle.

Hij kon het ziekenhuis aan de overkant van de weg niet meer zien.

Antes había maldecido la vista, ahora quería verla.

Eerst had hij het uitzicht vervloekt, nu wilde hij het juist zien.

Sabía que vivía en la tranquila y urbana Charlottenstrasse.

Hij wist dat hij in de rustige, stedelijke Charlottenstrasse woonde.

Pero podría haber pensado que estaba mirando el desierto.

Maar hij dacht misschien dat hij naar een woestijn keek.

Un páramo donde el cielo gris y la tierra gris se fusionaban.

Een woestenij waar de grijze lucht en de grijze aarde in elkaar overvloeiden.

La atenta hermana notó dos veces que la silla se había movido.

Tot twee keer toe merkte de oplettende zus op dat de stoel was verplaatst.

Después de ordenar, empujó la silla hacia la ventana.

Nadat ze had opgeruimd, schoof ze de stoel terug naar het raam.

Y a partir de ahora incluso dejó la ventana abierta.

En vanaf nu liet ze zelfs het raamkozijn openstaan.

Gregor realmente hubiera deseado poder hablar con su hermana.

Gregor had er oprecht naar verlangd om met zijn zus te kunnen praten.

Quería agradecerle por todo lo que hizo por él.

Hij wilde haar bedanken voor alles wat ze voor hem had gedaan.

Entonces habría tolerado más fácilmente sus servicios.

Dan zou hij hun diensten gemakkelijker hebben getolereerd.

Pero tal como estaban las cosas, él sufrió por su ayuda.

Maar zoals de zaken er nu voor stonden, leed hij eronder dat zij hem hielp.

La hermana, por supuesto, intentó disimular la vergüenza.

De zus probeerde de gênante situatie natuurlijk te verzachten.

Y ella hizo todo lo posible para fingir que no se sentía agobiada.

En ze deed haar best om te doen alsof ze zich niet bezwaard voelde.

Por supuesto, esto es algo que tenía que practicar primero.

Dit moest ze natuurlijk eerst oefenen.

Y cuanto más tiempo pasaba, mejor lo hacía.

En hoe meer tijd er verstreek, hoe beter ze erin werd.

Pero a Gregor también se le dio más tiempo para ver su pretensión.

Maar Gregor kreeg ook meer tijd om haar bedrog te doorzien.

Incluso su entrada a su habitación fue una prueba para él.

Zelfs haar binnenkomst in zijn kamer was een beproeving voor hem.

Tan pronto como entró, corrió directamente a la ventana.

Zodra ze binnenkwam, rende ze meteen naar het raam.

Ni siquiera se tomó el tiempo de cerrar la puerta.

Ze nam niet eens de moeite om de deur dicht te doen.

Normalmente ella evitaba que todos vieran la habitación de Gregor.

Normaal gesproken bespaarde ze iedereen de aanblik van Gregors kamer.

Y abrió la ventana de golpe con manos apresuradas.

En ze rukte met haastige handen het raam open.

Luego volvió a respirar como si se estuviera asfixiando.

Toen haalde ze weer adem, alsof ze aan het stikken was geweest.

El aire que entraba era frío y ella respiraba profundamente.

De binnenkomende lucht was koud en ze haalde diep adem.

Pero aún así se quedó junto a la ventana por un rato.

Maar desondanks bleef ze nog een tijdje bij het raam staan.

Con esta rutina asustaba a Gregor dos veces al día.

Ze joeg Gregor twee keer per dag de stuipen op het lijf met dit trucje.

Mientras ella estaba en la habitación él temblaba debajo del sofá.

Terwijl zij in de kamer was, lag hij te rillen onder de bank.

Él sabía que a ella le habría gustado ahorrarle esa terrible experiencia.

Hij wist dat ze hem die beproeving liever had bespaard.

Pero ella no podía estar en la habitación con la ventana cerrada.

Maar ze kon niet in de kamer zijn met het raam dicht.

Hubo una ocasión en que ella llegó un poco antes.

Er was een keer dat ze iets eerder binnenkwam.

Probablemente alrededor de un mes después de la transformación de Gregor.

Waarschijnlijk ongeveer een maand na Gregors transformatie.

Ella se había acostumbrado un poco a su nueva apariencia.

Ze was inmiddels enigszins gewend geraakt aan zijn nieuwe uiterlijk.

Así que ya no tenía por qué estar particularmente sorprendida.

Ze had dus geen reden meer om bijzonder geschokt te zijn.

Ella lo encontró todavía mirando por la ventana, inmóvil.

Ze trof hem aan terwijl hij nog steeds roerloos uit het raam staarde.

Estaba en el lugar más horrible en el que podría haber estado.

Hij bevond zich op de meest afschuwelijke plek waar hij maar kon zijn.

No le habría sorprendido si ella no hubiera entrado.

Hij zou niet verbaasd zijn geweest als ze niet binnen was gekomen.

Donde le impidió abrir la ventana.

Hij belette haar het raam te openen.

Ella salió rápidamente de la habitación y cerró la puerta.

Ze verliet de kamer snel weer en sloot de deur.

Un extraño podría haber llegado a todo tipo de conclusiones.

Een buitenstaander had tot allerlei conclusies kunnen komen.

Quizás sólo estaba esperando la oportunidad de morderla.

Misschien wachtte hij gewoon op de kans om haar te bijten.

Gregor, por supuesto, se escondió inmediatamente debajo del sofá.

Gregor verstopte zich natuurlijk meteen onder de bank.

Pero tuvo que esperar hasta el mediodía para que su hermana regresara.

Maar hij moest tot de middag wachten voordat zijn zus terugkwam.

Y ella parecía mucho más inquieta que de costumbre.

En ze leek veel onrustiger dan normaal.

Se dio cuenta de que verlo todavía era insoportable.

Hij besefte dat de aanblik van hem nog steeds ondraaglijk was.

Verlo seguiría siendo insoportable para ella.

De aanblik van hem zou voor haar altijd ondraaglijk blijven.

Probablemente no podría soportar ver ninguna parte de él.

Ze kon waarschijnlijk geen enkel deel van hem verdragen.

Siempre sobresalía una pequeña parte de debajo del sofá.

Er stak altijd een klein stukje onder de bank uit.

Un día llevó una sábana sobre su espalda hasta el sofá.

Op een dag droeg hij een lakens op zijn rug naar de bank.

Quería evitar que ella viera cualquier parte de él.

Hij wilde haar behoeden voor het zien van ook maar iets van hem.

Él dispuso la sábana de tal manera que todo él quedara oculto.

Hij schikte het lakens zo dat hij volledig bedekt was.

Incluso si se agachara no podría verlo.

Zelfs als ze zich voorover boog, zou ze hem niet kunnen zien.

Todo el esfuerzo le llevó a Gregor más de tres horas.

De hele klus kostte Gregor meer dan drie uur.

Quizás pensó que la sábana era innecesaria.

Ze dacht wellicht dat het lakens overbodig waren.

Ella habría sabido que él no quería la sábana.

Ze zou geweten hebben dat hij het lakens niet wilde hebben.

Lo hacía para su comodidad, no para la suya propia.

Hij deed het voor haar gemoedsrust, en niet voor zichzelf.

Y podría haber quitado la sábana si hubiera querido.

En ze had het lakens kunnen weghalen als ze dat wilde.

Pero dejó la sábana donde Gregor la había puesto.

Maar ze liet het lakens liggen waar Gregor het had neergelegd.

Y Gregor incluso creyó haber captado una mirada de agradecimiento.

En Gregor dacht zelfs dat hij een dankbare blik had opgevangen.

Había levantado suavemente la sábana con la cabeza.

Hij had het lakens voorzichtig met zijn hoofd opgetild.

Quería ver si a su hermana le gustaba el arreglo.

Hij wilde weten of zijn zus de regeling goedkeurde.

Las dos primeras semanas fueron las más difíciles para los padres.

De eerste twee weken waren het moeilijkst voor de ouders.

No pudieron animarse a entrar y verlo.

Ze konden het niet opbrengen om naar binnen te gaan en hem te zien.

Escuchó muchas de sus conversaciones en ese momento.

Hij ving in die periode veel van hun gesprekken op.

Reconocieron plenamente todo lo que hacía la hermana.
Ze erkenden volledig alles wat de zus deed.
Aunque solían estar molestos con ella a menudo.
Hoewel ze zich vroeger vaak aan haar ergerden.
Porque ella parecía ser una chica un tanto inútil.
Omdat ze een nogal nutteloos meisje leek te zijn.
Ahora eran ellos quienes esperaban al otro lado de la habitación.
Nu waren zij het die aan de andere kant van de kamer stonden te wachten.
Y fue ella quien entró en la habitación a hacer todo.
En zij was het die de kamer binnenging om alles te doen.
Tan pronto como salió quisieron saberlo todo.
Zodra ze naar buiten kwam, wilden ze alles weten.
Tenía que decirles exactamente cómo era la habitación.
Ze moest hen precies vertellen hoe de kamer eruitzag.
¿Qué comió Gregor? ¿Cómo se comportó esta vez?
"Wat heeft Gregor gegeten? Hoe heeft hij zich deze keer gedragen?"
"¿Quizás se notó una ligera mejoría?"
"Was er wellicht een lichte verbetering merkbaar?"
La madre, por cierto, fue en realidad más valiente.
De moeder was overigens eigenlijk moediger.
Y por supuesto, era su propio hijo el que estaba dentro de la habitación.
En natuurlijk was het haar eigen zoon die zich in de kamer bevond.
En realidad quería visitar a Gregor relativamente pronto.
Ze wilde Gregor eigenlijk al vrij snel bezoeken.
Pero al principio el padre y la hermana la frenaron.
Maar haar vader en zus hielden haar aanvankelijk tegen.
Le dieron argumentos muy racionales para que no fuera.
Ze brachten zeer rationele argumenten naar voren om haar ervan te weerhouden te gaan.
Gregor escuchó con mucha atención sus razonamientos.
Gregor luisterde zeer aandachtig naar hun redenering.
Y él aceptó el razonamiento tanto como su madre.

En hij accepteerde die redenering net zo goed als zijn moeder.
Pero más tarde hubo que retenerla por la fuerza.
Later moest ze echter met geweld worden tegengehouden.
"¡Déjame entrar con Gregor, es mi desdichado hijo!"
"Laat me binnen bij Gregor, hij is mijn ongelukkige zoon!"
-¿No entiendes que tengo que ir a verlo?
"Begrijp je dan niet dat ik hem moet gaan bezoeken?"
Gregor también se dejó convencer por los argumentos de su madre.
Gregor liet zich ook overtuigen door de argumenten van zijn moeder.
Quizás tenía razón: sería bueno que entrara.
Misschien had ze gelijk; het zou goed zijn als ze binnenkwam.
Venir a verlo todos los días sería demasiado.
Hem elke dag bezoeken zou veel te veel zijn.
Pero verlo una vez a la semana podría ser suficiente.
Maar hem misschien één keer per week zien, zou al genoeg kunnen zijn.
Ella podría entender las cosas mucho mejor que la hermana.
Misschien begrijpt zij de dingen veel beter dan haar zus.
A pesar de todo su coraje, ella todavía era sólo una niña.
Ondanks al haar moed was ze nog maar een kind.
Quizás la imprudencia infantil la impulsó a aceptar esa tarea.
Wellicht was het kinderlijke roekeloosheid die haar ertoe aanzette de taak op zich te nemen.
Pero el deseo de Gregor de ver a su madre pronto se hizo realidad.
Maar Gregors wens om zijn moeder te zien ging al snel in vervulling.
Durante el día Gregor se mantenía alejado de la ventana.
Overdag bleef Gregor uit de buurt van het raam.
Lo hizo por consideración a sus padres.
Dit deed hij uit respect voor zijn ouders.
No tenía mucho espacio para arrastrarse por el suelo.
Hij had niet veel ruimte om over de vloer te kruipen.
Le resultaba difícil permanecer quieto durante la noche.

Hij vond het moeilijk om 's nachts stil te liggen.

Comer ya no le producía el más mínimo placer.

Eten gaf hem geen enkel plezier meer.

Por supuesto que tenía que encontrar alguna manera de distraerse.

Uiteraard moest hij een manier vinden om zichzelf af te leiden.

Para entretenerse se arrastraba por las paredes.

Om zichzelf te vermaken, kroop hij de muren op en neer.

Y también se arrastró por el techo, boca abajo.

En hij kroop ook ondersteboven over het plafond.

Estaba especialmente feliz cuando colgaba del techo.

Hij was vooral gelukkig als hij aan het plafond hing.

Fue completamente diferente a estar tendido en el suelo.

Het was totaal anders dan op de vloer liggen.

Le resultó mucho más fácil respirar en esta posición.

Hij vond het in deze houding veel gemakkelijker om te ademen.

Una ligera pero agradable vibración recorrió su cuerpo.

Een lichte maar aangename trilling ging door zijn lichaam.

A veces incluso se relajaba demasiado en su felicidad.

Soms liet hij zich zelfs te veel meeslepen door zijn geluk.

A veces se distraía y se soltaba del techo.

Hij raakte soms afgeleid en liet het plafond los.

Y para su propia sorpresa, aterrizó de nuevo en el suelo.

En tot zijn eigen verbazing landde hij weer op de grond.

Pero tenía mucho mejor control de su cuerpo que antes.

Maar hij had zijn lichaam nu veel beter onder controle dan voorheen.

Para que ahora no se haga daño con caídas tan fuertes.

Hij heeft zich dus niet meer bezeerd door zulke grote valpartijen.

La hermana notó inmediatamente el nuevo placer de Gregor.

De zus merkte Gregors nieuwe plezier meteen op.

Y había restos de adhesivo donde se había arrastrado.

En er waren sporen van lijm te zien op de plekken waar hij had gekropen.

Aquí nuevamente la hermana pensó en el bienestar de Gregor.

Ook nu dacht de zus weer aan Gregors welzijn.

Quizás apreciaría más espacio para gatear.

Misschien zou hij meer ruimte om rond te kruipen wel prettig vinden.

Y la idea se instaló firmemente en su cabeza.

En het idee nestelde zich stevig in haar hoofd.

Algunos de los muebles de gran tamaño impedían su libre movimiento.

Een deel van het grote meubilair belemmerde zijn bewegingsvrijheid.

Ya no trabajaba así que no necesitaba el escritorio.

Hij werkte niet meer, dus had hij het bureau niet meer nodig.

Y la caja ocupaba más espacio del necesario. ***

En de doos nam ook meer ruimte in beslag dan nodig was. ***

La hermana no era capaz de mover estas cosas sola.

De zus was niet in staat om deze spullen alleen te verplaatsen.

Por supuesto que no se atrevió a pedirle ayuda al padre.

Natuurlijk durfde ze haar vader niet om hulp te vragen.

La criada seguramente tampoco la habría ayudado.

De dienstmeid zou haar zeker ook niet hebben geholpen.

La nueva criada era de hecho un año más joven que ella.

De nieuwe huishoudster was in feite een jaar jonger dan zij.

Ella había asumido valientemente el papel de ex sirvienta.

Ze had moedig de rol van de voormalige dienstmeid op zich genomen.

Pero había un privilegio que ella insistía en tener.

Maar er was één voorrecht waar ze absoluut op stond.

Ella quería mantener la cocina cerrada en todo momento.

Ze wilde de keuken altijd op slot houden.

Así que la hermana no tuvo más remedio que preguntarle a su madre.

De zus had dus geen andere keus dan het aan haar moeder te vragen.

Con gritos de emocionada alegría la madre acudió a ayudar.

Onder kreten van opgewonden vreugde kwam de moeder helpen.
Pero ella se quedó en silencio en la puerta de la habitación de Gregor.
Maar ze zweeg in de deuropening van Gregors kamer.
La hermana comprobó que todo en la habitación estuviera bien.
De zus controleerde of alles in de kamer in orde was.
Gregor había tirado apresuradamente la sábana aún más fuerte.
Gregor had haastig het lakens nog strakker getrokken.
Aunque la sábana todavía parecía colocada al azar.
Hoewel het beddengoed er nog steeds willekeurig uitzag.
Y sólo entonces dejó que su madre entrara en la habitación.
Pas toen liet ze haar moeder de kamer binnenkomen.
Gregor también se abstuvo de espiar desde debajo de la sábana.
Gregor zag er ook van af om van onder het laken te spioneren.
Decidió no volver a ver a su madre esta vez.
Hij besloot om zijn moeder dit keer niet te bezoeken.
Gregor estaba muy contento de que ella hubiera entrado.
Gregor was al blij genoeg dat ze überhaupt was gekomen.
"Pasa, no puedes verlo", dijo la hermana.
"Kom binnen, je kunt hem niet zien," zei de zus.
Gregor supuso que ella llevaba a su madre de la mano.
Gregor nam aan dat ze haar moeder bij de hand leidde.
Entonces escuchó a las dos mujeres débiles moviendo los muebles.
Toen hoorde hij de twee zwakke vrouwen de meubels verplaatsen.
La hermana parecía reclamar la mayor parte del trabajo para ella misma.
De zus leek het meeste werk voor zichzelf op te eisen.
Su madre temía que se esforzara demasiado.
Haar moeder vreesde dat ze zichzelf zou overbelasten.
Pero la hermana no hizo caso a estas advertencias.
Maar de zus sloeg geen acht op deze waarschuwingen.

Pero incluso después de quince minutos el progreso era muy lento.

Maar zelfs na vijftien minuten ging het maar heel langzaam.

No habían conseguido mover los muebles muy lejos.

Ze waren er niet in geslaagd de meubels ver te verplaatsen.

Poco a poco empezaron a sentir una sensación de derrota.

Ze begonnen langzaam een gevoel van nederlaag te ervaren.

La madre fue la primera en admitir la inutilidad.

De moeder was de eerste die de zinloosheid erkende.

"Quizás sería mejor dejar la caja aquí."

"Misschien is het beter om de doos hier te laten staan."

"La caja es demasiado pesada para que podamos moverla mucho más lejos".

"De doos is te zwaar om hem nog verder te verplaatsen."

"Y no terminaremos antes de que llegue tu padre."

"En we zijn niet klaar voordat je vader arriveert."

Dejar la caja aquí le bloquearía aún más el camino.

"Als hij de doos hier laat staan, blokkeert dat zijn weg nog meer."

"¿Y podemos estar seguros de que le estamos haciendo un favor?"

"En kunnen we er zeker van zijn dat we hem daarmee een plezier doen?"

Comenzaron a pensar que bien podría ser cierto lo opuesto.

Ze begonnen te denken dat het tegendeel wel eens waar zou kunnen zijn.

La visión de la pared vacía pesó mucho en su corazón.

De aanblik van de lege muur drukte zwaar op haar hart.

¿Quién diría que Gregor no se sentiría así también?

Wie zegt dat Gregor zich niet ook zo zou voelen?

"Ya está acostumbrado a los muebles de su habitación."

"Hij is al gewend aan de meubels in zijn kamer."

"Podría sentirse aún más abandonado en una habitación vacía".

"In een lege kamer zou hij zich wellicht nog meer verlaten voelen."

Para entonces su voz se había reducido casi a un susurro.

Inmiddels was haar stem bijna tot een fluistering gezakt.

En realidad no sabía el paradero exacto de Gregor.

Ze wist niet precies waar Gregor zich bevond.

Ella no quería ni siquiera que él escuchara el sonido de su voz.

Ze wilde niet dat hij haar stem ook maar hoorde.

Aunque ella estaba segura de que él no la entendía.

Hoewel ze er zeker van was dat hij haar niet begreep.

"¿No parecería como si lo hubiéramos abandonado por completo?"

"Zou het niet lijken alsof we hem volledig hebben opgegeven?"

"¿No sentirá que lo estamos dejando solo?"

"Zal hij niet het gevoel krijgen dat we hem in de steek laten?"

"Deberíamos dejar la habitación exactamente como estaba".

"We moeten de kamer precies zo achterlaten als we hem aantroffen."

"Al final Gregor volverá con nosotros como antes."

"Uiteindelijk zal Gregor weer bij ons terugkomen zoals hij was."

"Entonces encontrará que todo sigue en su lugar."

"Dan zal hij merken dat alles nog op zijn plaats is."

"Y olvidará mucho más fácilmente el período interino".

"En hij zal de tussenperiode veel gemakkelijker vergeten."

Cuando Gregor escuchó estas palabras se dio cuenta de algo.

Toen Gregor deze woorden hoorde, besefte hij iets.

Su mente se había vuelto confusa durante los últimos dos meses.

De afgelopen twee maanden was zijn geest in de war geraakt.

La falta de interacción humana no había sido buena para él.

Het gebrek aan menselijk contact was niet goed voor hem geweest.

Realmente necesitaba la vida monótona en medio de su familia.

Hij had de eentonigheid van het leven te midden van zijn familie echt nodig.

¿Por qué si no habría hecho una exigencia tan absurda?

Waarom zou hij anders zo'n onzinnige eis hebben gesteld?
¿Qué sentido tenía vaciar su habitación?
Wat voor zin had het om zijn kamer leeg te halen?
La cómoda habitación amueblada con muebles heredados.
De comfortabele kamer is ingericht met geërfd meubilair.
¿Por qué querría convertir ese calor conocido en una cueva?
Waarom zou hij deze bekende warmte in een grot willen
veranderen?
**Una cueva donde poder arrastrarse en todas direcciones en
paz.**
Een grot waar hij in alle rust in alle richtingen kon kruipen.
**Pero una cueva en la que olvidó rápidamente su pasado
humano.**
Maar een grot waarin hij zijn menselijke verleden snel vergat.
Tuvo que preguntarse si ya estaba cerca de olvidar.
Hij vroeg zich af of hij het al bijna vergeten was.
**La voz de su madre lo había sacudido y lo había hecho
recordar.**
De stem van zijn moeder had hem wakker geschud en zijn
herinneringen opgeroepen.
La voz que no había oído durante tanto tiempo.
De stem die hij al zo lang niet meer had gehoord.
No había que quitar nada, todo tenía que quedar.
Niets mocht worden verwijderd; alles moest blijven.
Los muebles influyeron positivamente en su condición.
De meubels hadden een positief effect op zijn toestand.
Y no podría vivir sin este ancla en el pasado.
En hij kon niet zonder dit houvast uit het verleden.
Los muebles impedían que se arrastrara sin sentido.
Het meubilair verhinderde dat hij doelloos rondkroop.
Pero eso no fue una pérdida, sino más bien una gran ventaja.
Maar dat was geen verlies; integendeel, het was een groot
voordeel.
**Lamentablemente la hermana tenía una opinión muy
diferente.**
Helaas had de zus een heel andere mening.

Ella se había convertido en una especie de portavoz de Gregor.
Ze was in zekere zin een woordvoerster voor Gregor geworden.
Por supuesto que su opinión no era del todo injustificada.
Haar mening was natuurlijk niet helemaal onterecht.
Pero aquí la opinión de su madre tuvo que ser contradicha.
Maar de mening van haar moeder moest hier tegengesproken worden.
Ahora no era solo la caja la que había que retirar.
Het was niet alleen de doos die nu verwijderd moest worden.
Ni su escritorio ni el armario podían permanecer allí.
Ook zijn bureau en de kledingkast konden niet blijven staan.
Lo único imprescindible era el sofá.
Het enige dat onmisbaar was, was de bank.
Ella no decidió esto sólo por desafío infantil.
Ze heeft dit niet zomaar uit kinderlijke opstandigheid besloten.
Tampoco fue su recientemente adquirida confianza en sí misma.
Het was ook niet haar recent verworven zelfvertrouwen.
La nueva confianza que tuvo que trabajar muy duro para ganar.
Het herwonnen zelfvertrouwen gaf haar de motivatie om zo hard te werken voor de overwinning.
Aunque nadie esperaba que ella pudiera hacerlo.
Ook al had niemand verwacht dat ze het zou kunnen.
Gregor realmente necesitaba mucho espacio para gatear.
Gregor had inderdaad veel ruimte nodig om te kruipen.
Los muebles sólo limitaban el espacio del que disponía.
De meubels beperkten alleen de beschikbare ruimte.
Ella podía ver estas cosas mejor que la madre.
Zij kon deze dingen beter zien dan de moeder.
Pero quizá su espíritu romántico también jugó un papel.
Maar misschien speelde haar romantische aard ook een rol.
Las niñas de esa edad suelen desarrollar cierto entusiasmo.

Meisjes van die leeftijd ontwikkelen vaak een zekere mate van enthousiasme.

Y sienten la necesidad de salirse con la suya siempre que pueden.

En ze voelen de behoefte om hun zin te krijgen wanneer ze maar kunnen.

Quizás por eso quería sabotearlo en secreto.

Misschien wilde ze hem daarom in het geheim saboteren.

Es aún más aterrador cuando se arrastra por las paredes.

Hij is nog angstaanjagender als hij over de muren kruipt.

Los padres ya no se atrevían a entrar en la habitación.

De ouders durfden de kamer niet meer binnen te gaan.

Ella realmente sería la única cuidadora de su hermano.

Zij zou werkelijk de enige verzorger van haar broer zijn.

Ella no dejó que su madre la persuadiera de lo contrario.

Ze liet zich niet door haar moeder overhalen om van gedachten te veranderen.

La madre de Gregor ya se sentía incómoda en la habitación.

Gregors moeder voelde zich al ongemakkelijk in de kamer.

Pronto dejó de hablar y ayudó nuevamente a su hija.

Ze hield al snel op met praten en hielp haar dochter weer.

Con las fuerzas que les quedaban retiraron el armario.

Met hun resterende krachten verwijderden ze de kledingkast.

La cómoda era algo de lo que podía prescindir.

De ladekast kon hij wel missen.

Pero el escritorio tendría que quedarse allí por el momento.

Maar het bureau moest voorlopig nog blijven staan.

Mientras las mujeres estaban ausentes, trató de evaluar la habitación.

Terwijl de vrouwen weg waren, probeerde hij de kamer te inspecteren.

Y Gregor asomó la cabeza por debajo del sofá.

En Gregor stak zijn hoofd onder de bank vandaan.

Tenía que ver qué podía hacer con la situación.

Hij moest kijken wat hij aan de situatie kon doen.

Pero fue lo más cuidadoso y considerado posible.

Maar hij was zo voorzichtig en attent mogelijk.

Desgraciadamente fue la madre quien regresó primero.
Helaas was het de moeder die als eerste terugkeerde.
Grete todavía estaba moviendo el armario en la habitación de al lado.
Grete was nog steeds bezig met het verplaatsen van de kledingkast in de kamer ernaast.
Pero la madre no estaba acostumbrada a ver a Gregor.
Maar de moeder was niet gewend aan de aanblik van Gregor.
Incluso un simple vistazo a él podría haberla enfermado.
Zelfs een vluchtige blik op hem had haar al ziek kunnen maken.
Gregor se apresuró a retroceder hasta el otro extremo del sofá.
Gregor haastte zich achteruit naar het uiteinde van de bank.
Pero no podía retroceder y equilibrar la sábana.
Maar hij kon niet achteruit stappen en het laken in evenwicht houden.
El movimiento fue suficiente para llamar la atención de la madre.
De beweging was voldoende om de aandacht van de moeder te trekken.
Ella hizo una pausa y se quedó muy quieta por un breve momento.
Ze pauzeerde en bleef een kort moment volkomen stil staan.
Luego se dio la vuelta y salió de la habitación.
Vervolgens draaide ze zich om en verliet de kamer weer.
Gregor seguía diciéndose a sí mismo que no había ocurrido nada inusual.
Gregor bleef zichzelf voorhouden dat er niets ongewoons was gebeurd.
"Son sólo algunos muebles que se han llevado".
"Het gaat alleen om wat meubilair dat is weggehaald."
Pero pronto tuvo que admitir que los acontecimientos le afectaron.
Maar hij moest al snel toegeven dat de gebeurtenissen hem hadden geraakt.

**Las mujeres habían estado diciendo todo lo que estaban
haciendo.**
De vrouwen hadden alles verteld wat ze aan het doen waren.
**Habían estado caminando de un lado a otro por la
habitación.**
Ze liepen de hele tijd heen en weer door de kamer.
El rayado de todos los muebles en el suelo.
Het gekras van alle meubels op de vloer.
Se sentía como si lo atacaran desde todos lados.
Hij had het gevoel dat hij van alle kanten werd aangevallen.
Apretó la cabeza y las piernas lo más fuerte que pudo.
Hij trok zijn hoofd en benen zo strak mogelijk in.
Con todas sus fuerzas presionó su cuerpo contra el suelo.
Met al zijn kracht drukte hij zijn lichaam tegen de grond.
**Sabía que no podría soportar todo esto por mucho más
tiempo.**
Hij wist dat hij dit niet veel langer kon volhouden.
Vaciaron su habitación y se llevaron todo lo que amaba.
Ze hebben zijn kamer leeggehaald en alles meegenomen waar
hij van hield.
**Ya se habían llevado la caja que contenía todas sus
herramientas.**
Ze hadden de doos met al zijn gereedschap al meegenomen.
Ahora estaban aflojando su pesado escritorio del suelo.
Nu waren ze bezig zijn zware bureau van de grond te tillen.
**El escritorio en el que había trabajado después de regresar
del trabajo.**
Het bureau waaraan hij had gewerkt nadat hij van zijn werk
thuiskwam.
El escritorio en el que había escrito sus tareas comerciales.
Het bureau waarop hij zijn zakelijke opdrachten had
geschreven.
**El escritorio en el que había hecho sus deberes en la escuela
secundaria.**
Het bureau waaraan hij op de middelbare school zijn
huiswerk maakte.
Sí, ya había tenido este pupitre en la escuela primaria.

Ja, hij had dit bureau al op de basisschool gehad.
Realmente no tuvo tiempo de confirmar sus buenas intenciones.
Hij had echt geen tijd om hun goede bedoelingen te bevestigen.
Aunque ya casi había olvidado que estaban allí.
Hoewel hij bijna vergeten was dat ze er waren.
Porque trabajaban en silencio, por el cansancio.
Omdat ze door uitputting in stilte aan het werk waren.
Estaban demasiado cansados para anunciar sus movimientos ahora.
Ze waren te moe om hun bewegingen nu nog aan te kondigen.
Lo único que oyó fueron sus pesados pasos en el suelo.
Het enige wat hij hoorde waren hun zware voetstappen op de vloer.
Justo en ese momento estaban apoyados sobre la caja.
Precies op dat moment leunden ze tegen de doos.
Y entonces Gregor salió de debajo del sofá.
En toen kwam Gregor onder de bank vandaan.
Cambió la dirección en la que corría cuatro veces.
Hij veranderde vier keer van richting waarin hij rende.
No podía decidir qué elemento debía salvarse primero.
Hij kon niet beslissen welk voorwerp als eerste gered moest worden.
De repente su atención se dirigió a la pared vacía.
Plotseling werd zijn aandacht getrokken door de lege muur.
Lo único que le quedó fue la fotografía de la dama con pieles.
Het enige dat ze hem hadden nagelaten was de foto van de dame in de bontjas.
Se arrastró hasta la imagen para presionar su cuerpo contra el de ella.
Hij kroop naar het schilderij om zijn lichaam tegen haar aan te drukken.
Y su cuerpo cubrió completamente la vista de la imagen.
En zijn lichaam bedekte het hele beeld.
El vaso lo sostuvo y reconfortó su vientre caliente.

Het glas hield hem overeind en bood verkoeling aan zijn hete
buik.
Esta fotografía ya no se la pudieron quitar.
Deze foto kon hem niet meer afgenomen worden.
Luego giró la cabeza hacia la puerta de la sala de estar.
Vervolgens draaide hij zijn hoofd naar de deur van de
woonkamer.
**Iba a observar mientras las mujeres regresaban a la
habitación.**
Hij zou toekijken hoe de vrouwen terugkeerden naar de
kamer.
Y no descansaron mucho antes de regresar nuevamente.
En ze rustten niet lang uit voordat ze weer terugkwamen.
**El brazo de Grete rodeaba a su madre para ayudarla a
caminar.**
Grete had haar arm om haar moeder heen geslagen om haar te
helpen lopen.
"¿Qué nos llevamos ahora?" dijo Grete y miró a su alrededor.
'Wat zullen we nu nemen?' vroeg Grete en keek om zich heen.
**Justo en ese momento su mirada se encontró con los ojos de
Gregor.**
Precies op dat moment kruiste haar blik die van Gregor.
A pesar del shock, mantuvo la presencia de ánimo.
Ondanks de schok behield ze haar kalmte.
Probablemente sólo por la presencia de su madre.
Waarschijnlijk alleen vanwege de aanwezigheid van haar
moeder.
Ella inclinó su rostro hacia su madre, cubriéndole la vista.
Ze boog haar gezicht naar haar moeder toe, zodat ze haar niet
kon zien.
Y entonces dijo, aunque temblorosa y desconsiderada:
En toen zei ze, hoewel ze trilde en niet goed nadacht:
-Vamos, ¿no deberíamos volver a la sala de estar?
"Kom op, zullen we niet teruggaan naar de woonkamer?"
**Gregor podía comprender fácilmente las intenciones de la
hermana.**
Gregor kon de bedoelingen van de zus gemakkelijk begrijpen.

Su primera prioridad fue poner a su madre a salvo.

Haar eerste prioriteit was om haar moeder in veiligheid te brengen.

Pero luego ella iba a perseguirlo desde la pared.

Maar dan zou ze hem van de muur af achtervolgen.

«¡Pues claro que puede intentarlo!», pensó Gregor para sus adentros.

"Nou, ze kan het in ieder geval proberen!" dacht Gregor bij zichzelf.

Se sentó firmemente sobre su imagen y no renunció a ella.

Hij bleef stevig op zijn foto zitten en gaf hem niet op.

Preferiría haberle saltado en la cara a la hermana.

Hij had liever recht in het gezicht van zijn zus gesprongen.

Pero las palabras de Grete preocuparon aún más a su madre.

Maar Gretes woorden hadden haar moeder nog meer zorgen gebaard.

Ella se hizo a un lado para ver lo que le ocultaban.

Ze stapte opzij om te zien wat er voor haar verborgen werd gehouden.

Y vio la mancha marrón en el papel pintado floreado.

En ze zag de bruine vlek op het bloemenbehang.

Y ella gritó antes de darse cuenta de que era Gregor.

En ze gilde nog voordat ze zich realiseerde dat het Gregor was.

"Oh Dios", gritó con los brazos extendidos.

"Oh mijn God," schreeuwde ze met haar armen wijd open.

Y ella se dejó caer en el sofá como si se hubiera rendido.

En ze liet zich op de bank vallen alsof ze het had opgegeven.

—¡Gregor! —gritó la hermana levantando el puño.

"Gregor!" riep de zus hem toe met gebalde vuist.

Y ella le dirigió una mirada larga, dura y penetrante.

En ze gaf hem een lange, indringende blik.

Esta era la primera vez que hablaba con él directamente.

Dit was de eerste keer dat ze rechtstreeks met hem sprak.

Corrió a la habitación de al lado para conseguir algunas sales aromáticas.

Ze rende naar de volgende kamer om wat reukzout te halen.

Tenía que devolverle la conciencia a su madre.
Ze moest haar moeder weer bij bewustzijn brengen.
Gregor quería ayudar, podría salvar la imagen más tarde.
Gregor wilde helpen, hij kon de foto later nog opslaan.
Pero él se había quedado firmemente pegado al cristal.
Maar hij zat muurvast aan het glas.
Entonces tuvo que apartarse usando mucha fuerza.
Hij moest zich dus met veel kracht losrukken.
Él también corrió a la habitación de al lado, donde estaba la hermana.
Ook hij rende naar de volgende kamer, waar de zus was.
En el pasado podría haberle dado algún consejo.
Vroeger had hij haar wellicht wat advies kunnen geven.
Pero ahora no podía hacer nada más que quedarse de brazos cruzados y observar.
Maar nu kon hij niets anders doen dan werkeloos toekijken.
Revolvió el cajón y abrió varias botellas.
Ze rommelde in de la en opende verschillende flessen.
Y todavía la asustó cuando ella se dio la vuelta.
En hij maakte haar nog steeds bang toen ze zich omdraaide.
Una botella cayó al suelo, se rompió y se astilló.
Een fles viel op de grond, brak en spatte in stukken.
Una astilla de vidrio golpeó la cara de Gregor y lo hirió.
Een glasscherf raakte Gregor in zijn gezicht en verwondde hem.
La botella contenía algún tipo de líquido cáustico.
De fles bevatte een of andere bijtende vloeistof.
Y ahora el líquido corrosivo quemaba la cara de Gregor.
En nu brandde de bijtende vloeistof op Gregors gezicht.
Sin embargo, la hermana no tenía tiempo para Gregor en ese momento.
De zus had echter op dit moment geen tijd voor Gregor.
Ella recogió tantas botellas como pudo.
Ze raapte zoveel mogelijk flessen op.
Y ella corrió de nuevo hacia su madre con la medicina.
En ze rende met de medicijnen terug naar haar moeder.
Ella cerró la puerta con el pie, dejando afuera a Gregor.

Ze smeet de deur met haar voet dicht en sloot Gregor buiten.
Ahora estaba separado de su madre, que estaba potencialmente moribunda.
Hij was nu afgesneden van zijn mogelijk stervende moeder.
Si abriera la puerta, echaría a la hermana.
Als hij de deur opendeed, zou hij zijn zus wegjagen.
Pero por supuesto tuvo que quedarse para cuidar a la madre.
Maar ze moest natuurlijk wel blijven om voor de moeder te zorgen.
Ya no podía hacer nada más que esperarlos.
Hij kon nu niets anders doen dan op hen wachten.
Acosado por el autorreproche y la ansiedad, comenzó a gatear.
Geplaagd door zelfverwijt en angst begon hij te kruipen.
Se arrastró por todas partes: las paredes, los muebles, el techo.
Hij kroop overal rond; tegen de muren, meubels, het plafond.
Sintió como si toda la habitación girara a su alrededor.
Hij had het gevoel dat de hele kamer om hem heen draaide.
Finalmente, desesperado y mareado, volvió a caer.
Uiteindelijk, in wanhoop en duizeligheid, viel hij weer neer.
Y cayó justo encima de la gran mesa del comedor.
En hij viel precies bovenop de grote eettafel.
Pasó algún tiempo tendido allí, entumecido e incapaz de moverse.
Hij lag daar enige tijd verdoofd en niet in staat om te bewegen.
Estaba exhausto por todo lo que el día le había traído.
Hij was uitgeput door alles wat deze dag hem had gebracht.
Todo estaba tranquilo, pero tal vez eso era una buena señal.
Het was overal stil, maar misschien was dat wel een goed teken.
Entonces, rompiendo el silencio, sonó el timbre de la puerta de afuera.
Toen, abrupt onderbroken door de stilte, ging de deurbel.
La criada, por supuesto, se había encerrado en su cocina.
De dienstmeid had zich uiteraard in haar keuken opgesloten.
Así que la hermana era la única que podía abrir la puerta.

De zus was dus de enige die de deur kon openen.
"¿Qué pasó?" fue lo primero que preguntó el padre.
'Wat is er gebeurd?' was het eerste wat de vader vroeg.
La aparición de Grete probablemente le había dicho todo.
Grete's uiterlijk had hem waarschijnlijk alles verteld.
La voz de Grete se volvió apagada y apagada mientras hablaba.
Grete's stem klonk gedempt en dof toen ze sprak.
Ella debió haber presionado su cara contra el pecho de su padre.
Ze moet haar gezicht tegen de borst van haar vader hebben gedrukt.
"La madre estaba inconsciente, pero ahora se siente mejor".
"Moeder was bewusteloos, maar ze voelt zich nu beter."
—Gregor ha escapado —añadió, tal como él esperaba.
"Gregor is ontsnapt," voegde ze eraan toe, wat hij al had verwacht.
"Siempre te dije que algún día se escaparía."
"Ik heb je altijd gezegd dat hij op een dag zou ontsnappen."
—Pero vosotras, las mujeres, no quisisteis escucharme, ¿verdad?
"Maar jullie vrouwen wilden niet naar me luisteren, hè?"
Gregor se dio cuenta rápidamente de cómo vería las cosas su padre.
Gregor begreep al snel hoe zijn vader de dingen zou zien.
Había malinterpretado el mensaje demasiado breve de Grete.
Hij had Grete's veel te korte boodschap verkeerd begrepen.
Supuso que Gregor había cometido algún acto de violencia.
Hij ging ervan uit dat Gregor een of andere gewelddadige daad had begaan.
Gregor tenía que encontrar una manera de apaciguar a su padre de alguna manera.
Gregor moest een manier vinden om zijn vader tevreden te stellen.
Porque no tuvo tiempo de explicarle las cosas.
Omdat hij geen tijd had om het hem uit te leggen.

Pero de todos modos no habría podido explicar las cosas.

Maar hij had het sowieso niet kunnen uitleggen.

Entonces huyó hacia la puerta y se pegó a ella.

Dus vluchtte hij naar de deur en drukte zich ertegenaan.

De esa manera su padre podría verlo desde la antesala.

Op die manier kon zijn vader hem vanuit de voorkamer zien.

Y podría ver que tenía las mejores intenciones.

En hij zou kunnen inzien dat hij de beste bedoelingen had.

No había necesidad de empujarlo con una escoba.

Het was niet nodig om hem met een bezem terug te duwen.

Lo único que el padre habría tenido que hacer era abrir la puerta.

Het enige wat de vader had hoeven doen, was de deur openen.

Pero él no estaba de humor para notar tales sutilezas.

Maar hij was niet in de stemming om zulke subtiliteiten op te merken.

"¡Ahí estás!" exclamó nada más entrar.

"Daar ben je!" riep hij uit zodra hij binnenkwam.

Era como si estuviera enojado y feliz al mismo tiempo.

Het was alsof hij tegelijkertijd boos en blij was.

Echó la cabeza hacia atrás y miró al padre.

Hij trok zijn hoofd achterover en keek op naar zijn vader.

No se había imaginado que su padre estuviera allí así.

Hij had zich niet kunnen voorstellen dat zijn vader daar zo zou staan.

Pero en los últimos tiempos había encontrado una nueva distracción.

Maar hij had de laatste tijd een nieuwe afleiding gevonden.

Gatear ahora ocupaba gran parte de su día.

Het rondkruipen nam nu een groot deel van zijn dag in beslag.

Antes, él estaba al tanto de todas las novedades que ocurrían en el apartamento.

Voorheen hield hij al het nieuws in het appartement nauwlettend in de gaten.

Pero últimamente no había estado prestando tanta atención.

Maar hij had er de laatste tijd niet zoveel aandacht aan
besteed.

Debería haber estado preparado para afrontar los cambios.

Hij had zich moeten voorbereiden op veranderingen.

**Sin embargo, ¿era este hombre que tenía delante todavía el
padre?**

Was deze man die voor hem stond desondanks nog steeds zijn
vader?

**¿Era él el mismo hombre que solía yacer cansado en su
cama?**

Was hij nog steeds dezelfde man die vroeger zo moe in bed
lag?

Cuando Gregor ya se había ido de viaje de negocios.

Toen Gregor al op zakenreis was.

¿Era él el mismo hombre que lo saludaba por las noches?

Was hij dezelfde man die hem 's avonds begroette?

Cuando estaba en bata en su sillón.

Toen hij in zijn kamerjas in zijn fauteuil zat.

**¿Era el mismo hombre que no pudo levantarse a darle la
bienvenida?**

Was hij dezelfde man die niet kon opstaan om hem te
verwelkomen?

**Entonces, permaneciendo sentado, levantó el brazo en señal
de alegría.**

Hij bleef dus zitten en stak zijn arm op als teken van vreugde.

**¿Era el mismo hombre con el que salía a caminar de vez en
cuando?**

Was hij dezelfde man met wie hij af en toe ging wandelen?

En raras ocasiones: algunos domingos al año o días festivos.

Bij zeldzame gelegenheden: een paar zondagen per jaar, of op
feestdagen.

¿Era el mismo hombre que caminaba envuelto en su abrigo?

Was hij dezelfde man die rondliep, gehuld in zijn overjas?

¿Avanzó lentamente, entre la madre y él?

Heeft hij zich langzaam voortbewogen, tussen zijn moeder en
hem in?

Y ellos ya caminaban lentamente por causa de él.

En ze liepen door hem al langzaam.
Pero ahora este hombre estaba de pie, fuerte y erguido.
Maar nu stond deze man stevig en rechtop.
Estaba vestido con un uniforme azul con botones dorados.
Hij droeg een blauw uniform met gouden knopen.
Botones que llevan los empleados de las instituciones bancarias.
Knopen die de bedienden van de bankinstellingen dragen.
Por encima del rígido cuello emergía su fuerte papada.
Boven de stijve kraag kwam zijn sterke dubbele kin tevoorschijn.
Bajo sus pobladas cejas se asomaban sus ojos negros.
Onder zijn borstelige wenkbrauwen keken zijn zwarte ogen naar buiten.
Ahora sus ojos parecían penetrantes, frescos y alertas.
Nu keken zijn ogen doordringend, fris en alert.
El cabello blanco, anteriormente despeinado, fue peinado hacia abajo.
Het voorheen warrige witte haar werd naar beneden gekamd.
Y su cabello ahora tenía una meticulosa raya central.
En zijn haar was nu netjes in het midden gescheiden.
Arrojó su sombrero, que estaba adornado con un monograma dorado.
Hij gooide zijn hoed weg, die was versierd met een gouden monogram.
Probablemente era el monograma del banco en el que trabajaba.
Het was waarschijnlijk het monogram van de bank waar hij werkte.
Y el sombrero aterrizó en el sofá, para guardarlo más tarde.
En de hoed belandde op de bank, om later opgeborgen te worden.
Empujó hacia atrás la parte inferior de la larga chaqueta del uniforme.
Hij schoof de onderkant van het lange uniformjasje naar achteren.
Y metió los pulgares en los bolsillos de sus pantalones.

En hij stak zijn duimen in zijn broekzakken.

Y luego, con cara sombría, caminó hacia Gregor.

En vervolgens liep hij met een grimmig gezicht naar Gregor toe.

Probablemente ni siquiera sabía lo que planeaba hacer.

Hij wist waarschijnlijk zelf niet eens wat hij van plan was.

Pero aún así levantó los pies inusualmente alto.

Maar desondanks hief hij zijn voeten ongewoon hoog op.

Gregor estaba asombrado por el enorme tamaño de sus botas.

Gregor was verbaasd over de enorme afmetingen van zijn laarzen.

Pero realmente no había tiempo para maravillarse con sus zapatos.

Maar er was eigenlijk geen tijd om zijn schoenen te bewonderen.

El padre había decidido aplicar una disciplina muy estricta.

De vader had besloten tot een zeer strenge discipline.

Para Gregor sólo era apropiada la mayor severidad.

Alleen de zwaarste straf was op zijn plaats voor Gregor.

Él lo sabía desde el primer día de su transformación.

Hij wist dit al vanaf de eerste dag van zijn transformatie.

Corrió hacia su padre y se detuvo cuando él se detuvo.

Hij rende naar zijn vader en bleef staan toen die ook stopte.

Corrió hacia él nuevamente cuando se movió de nuevo.

Hij snelde weer naar hem toe toen die zich opnieuw bewoog.

El padre se detuvo un momento y Gregor también.

De vader aarzelde even, en Gregor deed hetzelfde.

Y corrió hacia adelante nuevamente tan pronto como su padre se movió.

En zodra zijn vader zich verplaatste, snelde hij weer naar voren.

De esta manera dieron varias vueltas alrededor de la habitación.

Op deze manier liepen ze meerdere keren in een cirkel door de kamer.

Nadie había conseguido aún ninguna ventaja decisiva.

Nog niemand had een doorslaggevend voordeel behaald.

No se podría haber tenido la impresión de una persecución.

Men kon onmogelijk de indruk krijgen dat er sprake was van een achtervolging.

Porque todo el acontecimiento se estaba produciendo demasiado lentamente.

Omdat het hele evenement veel te langzaam verliep.

Gregor había decidido quedarse en tierra.

Gregor had besloten dat hij op de grond zou blijven.

Podría haber corrido por las paredes y a lo largo del techo.

Hij had tegen de muren en over het plafond kunnen rennen.

Pero no quería provocar al padre innecesariamente.

Maar hij wilde de vader niet onnodig provoceren.

Una huida así podría haber parecido especialmente perversa.

Zo'n ontsnapping zou bijzonder kwaadaardig hebben geleken.

Gregor admitió que esta persecución no podía durar mucho más.

Gregor gaf toe dat deze achtervolging niet veel langer kon duren.

Cada paso debía ir acompañado de una miríada de movimientos.

Elke stap vereiste een veelheid aan bewegingen.

Ya empezaba a sentir falta de aire.

Hij begon al last te krijgen van kortademigheid.

Incluso antes nunca había tenido unos pulmones completamente confiables.

Ook voorheen had hij nooit volledig betrouwbare longen.

Avanzó tambaleándose, guardando sus fuerzas para la carrera.

Hij strompelde voort en spaarde zijn krachten voor het hardlopen.

Estaba tan cansado que apenas podía mantener los ojos abiertos.

Hij was zo moe dat hij zijn ogen nauwelijks open kon houden.

Sus pensamientos se volvieron demasiado lentos para pensar en otras escapatorias.

Zijn gedachten werden te traag om nog aan andere ontsnappingsmogelijkheden te denken.

Casi había olvidado que los muros estaban a su disposición.

Hij was bijna vergeten dat hij de muren tot zijn beschikking had.

Pero de todos modos las paredes estaban ocultas detrás de los muebles.

Maar de muren waren sowieso achter meubels verborgen.

Y los muebles tenían demasiadas muescas y protuberancias.

En het meubilair had te veel inkepingen en uitsteeksels.

Y luego, justo a su lado, rodando, había una manzana.

En toen, vlak naast hem, lag er een appel te rollen.

La manzana debió haberle sido arrojada, se dio cuenta.

De appel moet naar hem gegooid zijn, besefte hij.

Pero no tuvo tiempo de pensar antes de que llegara otra manzana.

Maar hij had geen tijd om na te denken voordat er weer een appel kwam.

Gregor se quedó paralizado por la nueva estrategia del padre.

Gregor verstijfde van schrik door de nieuwe strategie van zijn vader.

Ya no podía ganar nada intentando huir.

Hij had er niets meer aan om te proberen weg te rennen.

El padre había decidido bombardearlo con fruta.

De vader had besloten hem te overladen met fruit.

Se había llenado los bolsillos con lo que había en el frutero de la cocina.

Hij had zijn zakken gevuld met fruit uit de fruitschaal in de keuken.

Sin apuntar especialmente, lanzó manzana tras manzana.

Zonder specifiek doel te treffen, gooide hij de ene appel na de andere.

Estas pequeñas manzanas rojas rodaban por el suelo.

Deze kleine rode appeltjes rolden over de grond.

Como si estuvieran electrificadas, las manzanas chocaron entre sí.

Alsof ze onder stroom stonden, botsten de appels tegen elkaar
aan.
**Una de las manzanas lanzadas débilmente rozó la espalda de
Gregor.**
Een van de zwak gegooide appels raakte Gregors rug.
**Afortunadamente para él, la manzana se deslizó sin sufrir
daño.**
Gelukkig voor hem gleed die appel er ongedeerd af.
Sin embargo, la manzana lanzada después fue más precisa.
De appel die daarna werd gegooid, was echter nauwkeuriger.
**Y esta manzana se alojó profundamente en la espalda de
Gregor.**
En deze appel boorde zich diep in Gregors rug.
Gregor quería alejarse del dolor.
Gregor wilde zich losrukken van de pijn.
Quizás se pueda escapar de este nuevo e increíble dolor.
Misschien is er wel een manier om aan deze nieuwe,
onvoorstelbare pijn te ontsnappen.
Quizás un cambio de ubicación aliviaría su agonía.
Misschien zou een verandering van locatie zijn lijden
verlichten.
Pero se sentía como si lo hubieran clavado al suelo.
Maar hij had het gevoel alsof hij aan de vloer vastgenageld
was.
Se estiró, pero sólo debido a su confusión.
Hij strekte zich uit, maar alleen omdat hij in de war was.
Sólo con su última mirada vio que la puerta se abría.
Pas bij zijn laatste blik zag hij de deur opengaan.
La madre corrió hacia su hermana, que gritaba.
De moeder snelde naar buiten, voor haar gillende zus.
**La hermana la había desnudado, por lo que estaba en
camisa.**
De zus had haar uitgekleed, dus ze stond nu in haar hemd.
Había necesitado respirar en su inconsciencia.
Ze had even ademruimte nodig gehad tijdens haar
bewusteloosheid.
Todavía veía cómo la madre corría hacia el padre.

Hij zag nog steeds hoe de moeder naar de vader toe rende.
Sus faldas se deslizaron hasta el suelo, una tras otra.
Haar rokken gleed een voor een naar de grond.
La vio acercarse al padre y tropezar con su falda.
Hij zag haar de vader naderen en over haar rok struikelen.
Abrazándolo, pidió que le perdonaran la vida a Gregor.
Ze omhelsde hem en smeekte of Gregors leven gespaard
mocht worden.
En completa unión con su cuerpo, su vista falló.
In volledige versmelting met zijn lichaam liet zijn
gezichtsvermogen hem in de steek.

Tercera parte
Deel drie

Gregor sufrió la grave lesión durante más de un mes.
Gregor heeft meer dan een maand lang ernstig letsel
opgelopen.
La manzana quedó incrustada; nadie se atrevió a sacarla.
De appel bleef vastzitten; niemand durfde hem eruit te halen.
**La manzana permaneció en su carne como un recordatorio
visible.**
De appel bleef in zijn vlees achter als een zichtbare
herinnering.
**Pero la manzana también sirvió como recordatorio para el
padre.**
Maar de appel diende ook als een herinnering voor de vader.
**Se dio cuenta de que no debía tratar a Gregor como a un
encmigo.**
Hij besefte dat Gregor niet als een vijand behandeld moest
worden.
Actualmente su apariencia puede ser triste y repugnante.
Momenteel kan zijn uiterlijk treurig en walgelijk zijn.
Pero aún así, seguía siendo un miembro de su familia.
Maar desondanks bleef hij deel uitmaken van hun familie.
Había que aceptar la reticencia y tolerarla.
De tegenzin moest worden ingeslikt en verdragen.
**Debido a su herida, es posible que haya perdido su
movilidad para siempre.**
Door zijn verwonding is de kans groot dat hij voorgoed zijn
mobiliteit verliest.
Todavía gateaba por su habitación, pero mucho más lento.
Hij kroop nog steeds rond in zijn kamer, maar veel langzamer.
Arrastrarse a cualquier altura estaba fuera de cuestión.
Kruipen op welke hoogte dan ook was uitgesloten.
Pero Gregor recibió algún tipo de compensación.
Maar Gregor ontving wel een vorm van compensatie.
Por la noche se le abrió la puerta del salón.

's Avonds werd de deur van de woonkamer voor hem geopend.

Y consideró que estas reparaciones eran completamente adecuadas.

En hij vond dat deze schadevergoedingen volkomen toereikend waren.

Antes del anochecer ya había empezado a vigilar la puerta.

Voordat het avond werd, hield hij de deur al in de gaten.

Él yacía en la oscuridad, invisible desde la sala de estar.

Hij lag in het donker, onzichtbaar vanuit de woonkamer.

Pudo ver a toda la familia en la mesa iluminada.

Hij kon het hele gezin aan de verlichte tafel zien zitten.

Ahora se le permitió escuchar sus conversaciones.

Hij mocht nu naar hun gesprekken luisteren.

Esto fue bastante diferente a su arreglo anterior.

Dit was heel anders dan hun vorige afspraak.

Las animadas conversaciones de tiempos pasados habían terminado.

De levendige gesprekken van vroeger waren voorbij.

Éstas eran las conversaciones que tanto anhelaba.

Dit waren de gesprekken waar hij zo naar verlangde.

Cuando dormía solo en pequeñas habitaciones de hotel.

Toen hij alleen sliep in kleine hotelkamers.

Cuando tuvo que arrojarse entre las sábanas húmedas.

Toen hij zich in het vochtige beddengoed moest werpen.

Pero ahora las tardes eran en su mayoría tranquilas y sin acontecimientos.

Maar de avonden waren nu meestal rustig en zonder noemenswaardige gebeurtenissen.

El padre se quedó dormido en su sillón después de cenar.

De vader viel na het eten in slaap in zijn fauteuil.

Y la madre y la hermana se animaban mutuamente a guardar silencio.

En de moeder en de zus maanden elkaar tot stilte.

La madre, inclinada hacia la luz, cosía lino.

De moeder, die ver over de lamp heen gebogen stond, naaide linnen.

Ahora ella hace vestidos para una de las tiendas de moda.
Ze maakt nu jurken voor een van de modezaken.
Al igual que Gregor, la hermana había conseguido un trabajo como vendedora.
Net als Gregor had de zus een baan als verkoopster aangenomen.
Ella estaba aprendiendo taquigrafía y francés por las tardes.
's Avonds leerde ze steno en Frans.
Para que más adelante pudiera tal vez conseguir un mejor puesto de trabajo.
Zodat ze later misschien een betere baan zou kunnen krijgen.
A veces el padre se despertaba de sus siestas nocturnas.
Soms werd de vader wakker uit zijn middagdutje.
"¡Cariño, ya llevas un buen rato cosiendo hoy!"
"Lieverd, je bent vandaag al zo lang aan het naaien!"
Parecía haber olvidado que había estado durmiendo.
Hij leek vergeten te zijn dat hij had geslapen.
Pero inmediatamente volvió a caer en un sueño profundo.
Maar hij viel onmiddellijk weer in slaap.
Y la madre y la hermana se sonrieron cansadamente.
En de moeder en zus glimlachten vermoeid naar elkaar.
El padre había desarrollado una extraña y nueva terquedad.
De vader had een vreemde, nieuwe koppigheid ontwikkeld.
Incluso en casa se negó a quitarse el uniforme de sirviente.
Zelfs thuis weigerde hij zijn dienstuniform uit te trekken.
Y su bata colgaba inútilmente en la percha.
En zijn ochtendjas hing nutteloos aan de hanger.
Así pues, el padre dormía, completamente vestido, en su sillón.
De vader sliep dus, volledig aangekleed, in zijn fauteuil.
Era como si siempre estuviera dispuesto a prestar su servicio.
Het was alsof hij altijd klaarstond om zijn diensten aan te bieden.
Como si estuviera esperando la voz de su superior.
Alsof hij alleen maar wachtte op de stem van zijn meerdere.
Esto provocó que su uniforme perdiera su limpieza.
Hierdoor raakte zijn uniform ontsierd.

Aunque el uniforme tampoco era nuevo cuando lo recibió.
Hoewel het uniform ook niet nieuw was toen hij het kreeg.
Y la madre hizo todo lo posible para cuidar el uniforme.
En de moeder deed haar best om voor het uniform te zorgen.
Gregor pasaba tardes enteras mirando este uniforme.
Gregor bracht hele avonden door met het bestuderen van dit uniform.
Observó cómo el anciano dormía de manera muy incómoda.
Hij keek toe hoe de oude man zeer ongemakkelijk sliep.
Pero mientras dormía también notó algo pacífico.
Maar tijdens zijn slaap merkte hij ook iets vredigs op.
Cuando el reloj dio las diez la madre intentó despertarlo.
Toen de klok tien uur sloeg, probeerde de moeder hem wakker te maken.
Ella habló en voz baja y lo convenció de ir a la cama.
Ze sprak zachtjes en haalde hem over om naar bed te gaan.
Porque dormir en el sillón no era dormir de verdad.
Want slapen in de fauteuil was geen echte slaap.
Iba a tener que empezar a trabajar a las seis en punto.
Hij moest om zes uur beginnen met werken.
Así que realmente necesitaba dormir lo mejor posible.
Hij moest dus echt zo goed mogelijk slapen.
Pero una nueva forma de terquedad se apoderó de él.
Maar hij was in de greep geraakt van een nieuwe vorm van koppigheid.
Convertirse en sirviente había comenzado a tener ese efecto en él.
Het feit dat hij dienstknecht was geworden, begon dit effect op hem te hebben.
Así que siempre insistía en quedarse más tiempo en la mesa.
Daarom stond hij er altijd op om langer aan tafel te blijven zitten.
Aunque con regularidad volvía a quedarse dormido en su silla.
Hoewel hij regelmatig weer in slaap viel in zijn stoel.
Y sólo con la mayor dificultad pudo ser movido.

En hij kon alleen met de grootste moeite in beweging worden gebracht.

Tuvieron que decirle que la cama sería mejor para él.

Hem moest verteld worden dat het bed beter voor hem zou zijn.

Madre y hermana tuvieron que insistir con pequeñas advertencias.

Moeder en zus moesten aandringen, ondanks enkele waarschuwingen.

Durante quince minutos se limitó a menear lentamente la cabeza.

Vijftien minuten lang schudde hij alleen maar langzaam zijn hoofd.

Y mantuvo los ojos cerrados y se negó a levantarse.

Hij hield zijn ogen gesloten en weigerde op te staan.

La madre tiró de su manga, suavemente, pero con firmeza.

De moeder trok zachtjes, maar vastberaden, aan zijn mouw.

Y ella susurró palabras halagadoras en sus oídos cansados.

En ze fluisterde vleiende woorden in zijn vermoeide oren.

La hermana abandonó la tarea que tenía entre manos para ayudar a su madre.

De zus onderbrak haar werk om haar moeder te helpen.

Pero ninguno de sus esfuerzos funcionó con el padre.

Maar geen van hun pogingen had effect op de vader.

Se hundió aún más en su silla, preparado para dormir.

Hij zakte nog dieper weg in zijn stoel, klaar om te slapen.

Y finalmente las mujeres lo agarraron por las axilas.

En uiteindelijk grepen de vrouwen hem onder zijn oksels.

Abrió los ojos y los miró alternativamente.

Hij opende zijn ogen en keek er afwisselend naar.

"¡Qué vida ésta!" se quejó al irse a dormir.

"Wat een leven toch," klaagde hij voordat hij naar bed ging.

"¿Es esta la paz que me ha sido dada en mi vejez?"

"Is dit de rust die mij op mijn oude dag geschonken is?"

Pero entonces, apoyándose en las dos mujeres, se levantó torpemente.

Maar toen, leunend op de twee vrouwen, stond hij onhandig op.

Actuó como si llevara la carga más pesada.

Hij deed alsof hij de zwaarste last droeg.

Dejó que las dos mujeres lo guiaran hasta el final de la habitación.

Hij liet zich door de twee vrouwen naar het einde van de kamer leiden.

Allí les deseó buenas noches y continuó su camino.

Daar wenste hij hen welterusten en vervolgde zijn weg alleen.

Pero la madre rápidamente arrojó su kit de costura.

Maar de moeder gooide haastig haar naaigerei neer.

Y la hermana también dejó el bolígrafo y el bloc de notas.

En ook de zus legde de pen en het notitieblok neer.

Y corrieron detrás del padre para ayudarle aún más.

En ze renden achter de vader aan om hem verder te helpen.

¿Quién en esta familia sobrecargada de trabajo tenía tiempo para Gregor?

Wie in dit overwerkte gezin had er tijd voor Gregor?

¿Quién podría haberle prestado más atención de la necesaria?

Wie zou hem meer aandacht hebben kunnen geven dan nodig was?

El presupuesto familiar se fue restringiendo cada vez más.

Het huishoudbudget werd steeds krapper.

Al final, para ahorrar dinero, tuvieron que despedir a la criada.

Uiteindelijk moesten ze, om geld te besparen, de huishoudster ontslaan.

Fue reemplazada por una mujer de cabello blanco y huesos gruesos.

Ze werd vervangen door een stevig gebouwde vrouw met wit haar.

Pero esta mujer venía sólo por la mañana y por la tarde.

Maar deze vrouw kwam alleen 's ochtends en 's avonds.

Y todo el trabajo más pesado y duro quedó guardado para ella.

Al het zwaarste en moeilijkste werk was voor haar bewaard.
La madre se encargaba de todos los demás quehaceres.
Alle andere klusjes werden door de moeder gedaan.
Incluso ocurrió que se vendieron varias joyas familiares.
Het is zelfs voorgekomen dat diverse familiejewelen werden
verkocht.
**Joyas que las mujeres lucieron felizmente durante las
celebraciones.**
Sieraden die de vrouwen met plezier droegen tijdens
feestelijkheden.
Gregor aprendió esto en una de las discusiones generales.
Gregor vernam dit tijdens een van de algemene discussies.
La mayor queja, sin embargo, fue otra.
De grootste klacht betrof echter iets anders.
**El apartamento era demasiado grande, pero no podían
mudarse.**
Het appartement was te groot, maar ze konden er niet uit
verhuizen.
No había manera de que pudieran reubicar a Gregor.
Het was onmogelijk dat ze Gregor hadden kunnen
verplaatsen.
**Pero Gregor se dio cuenta de que no era sólo una
consideración.**
Maar Gregor besefte dat het niet alleen om attentie ging.
Algo más les impidió mudarse a otro lugar.
Iets anders belette hen om ergens anders heen te gaan.
**Podría haber sido fácilmente transportado en una caja
adecuada.**
Hij had gemakkelijk in een geschikte kist vervoerd kunnen
worden.
Sus sentimientos de completa desesperanza los frenaron.
Hun gevoel van volkomen hopeloosheid hield hen tegen.
No querían admitir que la desgracia les había golpeado.
Ze wilden niet toegeven dat ze door tegenspoed getroffen
waren.
Lo que el mundo exige de los pobres, ellos lo cumplen.
Wat de wereld van arme mensen eist, voldeden zij.

El padre le preparó el desayuno al pequeño empleado del banco.

De vader haalde het ontbijt voor de kleine bankbediende.

La madre se sacrificó por la ropa de desconocidos.

De moeder offerde zichzelf op voor de was van vreemden.

La hermana corría de un lado a otro para atender los pedidos de los clientes.

De zus rende heen en weer om de bestellingen van de klanten op te nemen.

Pero ya no tenían fuerzas para hacer más.

Maar ze hadden gewoonweg de kracht niet meer om verder te gaan.

La herida en la espalda de Gregor comenzó a doler aún más.

De wond op Gregors rug begon steeds meer pijn te doen.

Cada noche, la madre y la hermana llevaban al padre a la cama.

Elke avond brachten moeder en zus de vader naar bed.

Dejaron su trabajo donde estaba y se sentaron juntos.

Ze lieten hun werk liggen en gingen bij elkaar zitten.

Y se acercaron más y se sentaron mejilla contra mejilla.

En ze schoven dichter naar elkaar toe en gingen wang aan wang zitten.

La madre señaló la habitación desde donde él observaba.

De moeder wees naar de kamer van waaruit hij toekeek.

"¿Podrías cerrar la puerta?" le preguntó a la hermana.

'Zou je de deur willen sluiten?', vroeg ze aan haar zus.

Y entonces Gregor se quedó solo otra vez en la oscuridad.

En toen bleef Gregor weer alleen achter in het donker.

Y en la habitación de al lado la mujer mezcló sus lágrimas.

En in de kamer ernaast vermengde de vrouw hun tranen.

O bien se quedaban sentados con los ojos secos, simplemente mirando la mesa.

Of ze zaten met droge ogen, slechts starend naar de tafel.

Gregor apenas durmió, ni de noche ni de día.

Gregor sliep vrijwel nooit, noch overdag noch 's nachts.

A menudo pensaba en cómo podría ayudar a la familia.

Hij dacht vaak na over hoe hij het gezin kon helpen.

Pensó en ganar dinero nuevamente para ellos.
Hij dacht erover na hoe hij het geld weer voor hen kon
verdienen.
Pensó en hacer lo que solía hacer por ellos.
Hij dacht eraan om weer te doen wat hij vroeger voor hen
deed.
En sus pensamientos regresó el representante autorizado.
In zijn gedachten keerde de gemachtigde terug.
Y esta vez el jefe también vino al apartamento.
En deze keer kwam de baas ook naar het appartement.
Y los oficinistas y los aprendices también estaban allí.
En de klerken en de leerlingen waren er ook.
Incluso el lento empleado de la oficina vino a verlo.
Zelfs de traag van begrip zijnde kantoorbediende kwam hem
opzoeken.
Había dos o tres amigos de otros negocios.
Er waren twee of drie vrienden van andere bedrijven.
Una de las camareras de un hotel de provincias.
Een van de kamermeisjes van een hotel in de provincie.
Un recuerdo querido y fugaz al que intentó aferrarse.
Een dierbare, maar vluchtige herinnering waaraan hij
krampachtig probeerde vast te houden.
Una cajera de una sombrerería para quien tenía intenciones.
Een kassier van een hoedenwinkel op wie hij verliefd was.
Pero había sido un poco lento en ganar su aprobación.
Maar hij was iets te laat geweest om haar goedkeuring te
winnen.
**Todos ellos aparecieron en sus pensamientos, mezclados con
desconocidos.**
Ze doken allemaal op in zijn gedachten, vermengd met
vreemden.
Y otros no aparecieron, ya estaban olvidados.
En anderen verschenen niet; ze waren alweer vergeten.
Pero no le ayudaron a él ni tampoco a la familia.
Maar ze hielpen hem niet, en ze hielpen het gezin ook niet.
Eran inaccesibles y él se alegró cuando se fueron.
Ze waren onbereikbaar, en hij was blij toen ze vertrokken.

No siempre estaba de humor para preocuparse por la familia.
Hij had niet altijd zin om zich zorgen te maken over het gezin.
Y se llenó de rabia por la falta de atención.
En hij was woedend door het gebrek aan aandacht.
Y no podía imaginar nada que le apeteciera.
En hij kon zich niets voorstellen waar hij trek in had.
Pero aún así hizo planes para entrar en la despensa.
Maar hij bleef plannen maken om in de voorraadkast in te breken.
Y él iba a tomar todo lo que se merecía.
En hij zou alles krijgen wat hem toekwam.
La hermana ya no hacía ningún esfuerzo especial por él.
Zijn zus deed niet langer haar best voor hem.
Ella ya no pasaba el tiempo pensando en complacerlo.
Ze besteedde geen tijd meer aan de vraag hoe ze hem tevreden kon stellen.
Antes de ir a trabajar, rápidamente metió algo de comida en la habitación.
Voordat ze naar haar werk ging, schoof ze snel wat eten de kamer in.
Y por la noche volvió a barrer rápidamente la comida.
En 's avonds veegde ze het eten snel weer bij elkaar.
Ya no se daba cuenta de si había comido o no.
Of hij gegeten had of niet, merkte ze niet meer.
En la actualidad, la mayoría de las veces la comida se dejaba intacta.
Tegenwoordig werd het eten meestal onaangeroerd gelaten.
Ella todavía barría rápidamente la habitación por la noche.
's Avonds liep ze nog steeds snel door de kamer.
Pero ahora hizo lo mínimo, lo más rápido posible.
Maar nu deed ze het absolute minimum, zo snel mogelijk.
Quedaron vetas de suciedad corriendo por las paredes.
Er waren sporen van vuil achtergebleven op de muren.
Bolas de polvo y basura quedaron tiradas en el suelo.
Er lagen overal stof- en afvalhopen op de vloer.
Gregor mostró su desaprobación por su falta de cuidado.

Gregor liet zijn afkeuring blijken over haar gebrek aan zorg.

Se giró en un ángulo particularmente significativo.

Hij draaide zich in een bijzonder opvallende hoek.

Pero podría haber permanecido en el puesto durante semanas.

Maar hij had wekenlang in die positie kunnen blijven.

Su hermana no habría notado su insatisfacción.

Zijn zus zou zijn ontevredenheid niet hebben opgemerkt.

Ella veía la suciedad tan bien como él, o incluso mejor.

Ze zag het vuil net zo goed als hij, zo niet beter.

Pero ella había decidido dejar la tierra donde estaba.

Maar ze had besloten het vuil te laten liggen waar het was.

En ese momento adoptó una sensibilidad completamente nueva.

Destijds ontwikkelde ze een compleet nieuwe gevoeligheid.

Ella había hecho de la limpieza de la habitación de Gregor su responsabilidad.

Ze had het schoonmaken van Gregors kamer tot haar taak gemaakt.

La familia se sintió conmovida por su amable consideración.

De familie was ontroerd door haar vriendelijke attentheid.

Una vez, la madre le había dado a su habitación una limpieza a fondo.

Ooit had zijn moeder zijn kamer grondig schoongemaakt.

Sólo después de utilizar unos cuantos baldes de agua lo consiguió.

Pas na het gebruik van een paar emmers water lukte het haar.

Sin embargo, la nueva humedad en la habitación perjudicó a Gregor.

De nieuwe vochtigheid in de kamer deed Gregor echter pijn.

Y él yacía ancho, amargado e inmóvil en el sofá.

En hij lag languit, verbitterd en roerloos op de sofa.

Pero ese fue sólo su primer castigo por ayudar.

Maar dat was slechts haar eerste straf voor het helpen.

La hermana notó rápidamente el cambio en la habitación de Gregor.

De zus merkte al snel de verandering in Gregors kamer op.

Y ella corrió a la sala, extremadamente insultada.
En ze rende, zichtbaar beledigd, de woonkamer in.
Su madre levantó las manos y trató de implorarle.
Haar moeder hief haar handen op en probeerde haar te
smeken.
Pero a pesar de una explicación sincera, ella rompió a llorar.
Maar ondanks een oprechte uitleg barstte ze in tranen uit.
El padre, por supuesto, se sobresaltó y se levantó de la silla.
De vader schrok zich natuurlijk rot en viel van zijn stoel.
Y los dos padres miraban asombrados e impotentes.
En de twee ouders keken verbijsterd en machteloos toe.
Y con el tiempo sus emociones también se agitaron.
En uiteindelijk raakten ook hun emoties in de war.
El padre reprochó a la madre lo que había hecho.
De vader verweet de moeder wat ze had gedaan.
**"Deberías haber dejado la habitación para que Grete la
limpiara."**
"Je had de kamer aan Grete moeten overlaten om schoon te
maken."
Grete le gritó a la madre por limpiar su habitación.
Grete schreeuwde tegen haar moeder omdat ze zijn kamer aan
het opruimen was.
"¡Nunca más podrás limpiar su habitación!"
"Je mag zijn kamer nooit meer schoonmaken!"
La madre intentó arrastrar al padre al dormitorio.
De moeder probeerde de vader de slaapkamer in te slepen.
**La hermana se quedó en la habitación, temblando y
sollozando.**
De zus bleef trillend en snikkend achter in de kamer.
Y golpeó la mesa con sus pequeños puños.
En ze bonkte met haar kleine vuistjes op de tafel.
Y Gregor, enojado, siseó fuertemente contra todos ellos.
En Gregor siste luid en boos naar hen allemaal.
¿Por qué a nadie se le ocurrió cerrarle la puerta?
Waarom had niemand eraan gedacht de deur voor hem dicht
te doen?
Podrían haberle ahorrado esta vista y este ruido.

Ze hadden hem dit schouwspel en lawaai kunnen besparen.
La hermana estaba agotada después de llegar a casa del trabajo.
De zus was uitgeput na thuiskomst van haar werk.
Y cuidar a Gregor era aún más trabajo para ella.
En de zorg voor Gregor betekende voor haar nóg meer werk.
Pero eso no significaba que la madre debía haberlo hecho.
Maar dat betekende niet dat de moeder het had moeten doen.
A Gregor, por el contrario, no hay que descuidarlo.
Gregor daarentegen mag niet worden vergeten.
Pero ahora tenían una nueva criada que podía hacer esas cosas.
Maar nu hadden ze een nieuwe dienstmeid die dat soort dingen kon doen.
Una viuda anciana que tenía una estructura ósea robusta.
Een bejaarde weduwe met een robuuste botstructuur.
Una estatura que la ayudó a sobrevivir a su difícil vida.
Een lichaamsbouw die haar hielp haar moeilijke leven te doorstaan.
Ella no sentía ninguna aversión real hacia la apariencia de Gregor.
Ze had geen echte afkeer van Gregors uiterlijk.
Ella había abierto accidentalmente la puerta de la habitación de Gregor.
Ze had per ongeluk de deur naar Gregors kamer geopend.
No fue por ninguna curiosidad particular sobre la habitación.
Het was niet uit bijzondere nieuwsgierigheid naar de kamer.
Ella simplemente estaba haciendo su trabajo y por casualidad abrió la puerta.
Ze deed gewoon haar werk en opende toevallig de deur.
Gregor, por supuesto, quedó completamente sorprendido por ella.
Gregor was uiteraard totaal verrast door haar.
No lo perseguían, sino que corría de un lado a otro.
Hij werd niet achtervolgd, maar hij rende heen en weer.
Y ella simplemente cruzó sus brazos y lo observó gatear.

En ze sloeg haar armen over elkaar en keek toe hoe hij kroop.
Desde entonces ella siempre le abría un poquito la puerta.
Sindsdien deed ze de deur altijd een klein beetje voor hem
open.
Una mañana ella entró para ver cómo estaba.
's Ochtends ging ze even kijken hoe het met hem ging.
Y por la tarde ella fue a ver cómo estaba antes de irse.
's Avonds ging ze nog even bij hem kijken voordat ze
wegging.
**Al principio ella también intentó llamarlo para que viniera
con ella.**
Aanvankelijk probeerde ze hem ook te roepen om naar haar
toe te komen.
"¡Ven aquí, viejo escarabajo pelotero!", solía decir.
"Kom eens hier, oude mestkever!" zei ze altijd.
**O ella dijo, "¡mira ese viejo escarabajo pelotero!",
amigablemente.**
Of ze zei: "Kijk eens naar die oude mestkever!", heel
vriendelijk.
Gregor nunca reaccionó cuando le hablaron de esa manera.
Gregor reageerde nooit positief op die manier aangesproken
worden.
Él permaneció allí, sin moverse, y la ignoró.
Hij bleef daar staan, zonder te bewegen, en negeerde haar.
"Si le hubieran dicho cómo hacer correctamente su trabajo."
"Als ze maar te horen had gekregen hoe ze haar werk goed
moest doen."
"En lugar de molestarme debería limpiar mi habitación."
"In plaats van mij lastig te vallen, zou ze mijn kamer moeten
schoonmaken."
Una mañana temprano una fuerte lluvia golpeó las ventanas.
Op een ochtend, vroeg in de ochtend, kletterde een hevige
regenbui tegen de ramen.
**Quizás la lluvia ya era una señal de la llegada de la
primavera.**
Misschien was de regen al een teken van de naderende lente.
La criada comenzó a hablarle de esa manera una vez más.

De dienstmeid begon weer op die manier tegen hem te
spreken.
Gregor estaba tan amargado que se giró para mirarla.
Gregor was zo verbitterd dat hij zich naar haar omdraaide.
Era lento y débil, pero fue una especie de ataque.
Hij was traag en zwak, maar het was een soort aanval.
La criada, sin embargo, no tenía ningún miedo de Gregor.
Het dienstmeisje was echter helemaal niet bang voor Gregor.
**En lugar de eso, levantó una silla que estaba cerca de la
puerta.**
In plaats daarvan pakte ze een stoel die vlak bij de deur stond.
Y ella permaneció allí, tranquilamente, con la boca abierta.
En ze stond daar, kalm, met haar mond wijd open.
Sus intenciones eran claras, incluso Gregor podía verlo.
Haar bedoelingen waren duidelijk, zelfs Gregor kon dat zien.
Y se giró, lentamente, a su posición original.
En hij draaide zich langzaam om naar zijn oorspronkelijke
positie.
—Entonces no quieres acercarte más, ¿verdad?
"Dus je wilt niet dichterbij komen, hè?"
Y silenciosamente volvió a poner la silla en la esquina.
En ze zette de stoel rustig terug in de hoek.

Gregor ya casi no comía nada.
Gregor at vrijwel niets meer.
A veces, mientras caminaba por la habitación, se detenía.
Soms, tijdens zijn wandelingen door de kamer, bleef hij staan.
Y se encontró junto a la comida preparada para él.
En hij bevond zich naast het eten dat voor hem was
klaargemaakt.
Se llevó la comida a la boca, pero sólo para jugar con ella.
Hij stopte het eten in zijn mond, maar alleen om ermee te
spelen.
Y muy a menudo lo escupía de nuevo al cabo de unas horas.
En vaak spuugde hij het na een paar uur weer uit.
Trató de encontrar una razón para su falta de apetito.

Hij probeerde een reden te vinden voor zijn gebrek aan
eetlust.
Quizás porque estaba triste por el estado de su habitación.
Misschien omdat hij verdrietig was over de staat van zijn
kamer.
**Pero ya se había adaptado a los cambios que se producían en
la habitación.**
Maar hij had zich neergelegd bij de veranderingen in de
kamer.
**Recientemente su habitación se había convertido en una
especie de almacén.**
De laatste tijd was zijn kamer een soort opslagruimte
geworden.
Se habían acostumbrado a dejar las cosas allí.
Ze hadden er een gewoonte van gemaakt om dingen daar
achter te laten.
Y ahora quedaban muchas cosas así en su habitación.
En er lagen nu nog veel van zulke dingen in zijn kamer.
Porque una habitación del apartamento estaba alquilada.
Omdat één kamer van het appartement was verhuurd.
Tres caballeros serios alquilaban la habitación juntos.
Drie serieuze heren huurden samen de kamer.
Gregor los vio una vez a través de una rendija en la puerta.
Gregor had ze eens door een kier in de deur gezien.
**Llevaban barbas pobladas y estaban vestidos
meticulosamente.**
Ze hadden volle baarden en waren zeer zorgvuldig gekleed.
Eran escrupulosos en mantener todo ordenado.
Ze waren zeer nauwgezet in het netjes houden van alles.
Su insistencia en el orden no se limitaba a su habitación.
Hun aandrang tot netheid beperkte zich niet tot hun kamer.
**Todo el apartamento tenía que mantenerse perfectamente
limpio.**
Het hele appartement moest brandschoon zijn.
Eran aún más exigentes con el aspecto de la cocina.
Ze waren nog kieskeuriger over hoe de keuken eruitzag.
Y no podían tolerar ningún desorden innecesario.

En ze konden geen onnodige rommel verdragen.

También habían traído consigo sus propios muebles.

Ze hadden ook hun eigen meubels meegenomen.

Por esta razón muchas cosas se habían vuelto superfluas.

Daarom waren veel dingen overbodig geworden.

Eran cosas por las que nadie pagaría dinero.

Het waren dingen waar niemand geld voor wilde betalen.

Pero la familia tampoco quería deshacerse de estas cosas.

Maar de familie wilde deze spullen ook niet weggooien.

Todas estas cosas fueron a parar a la habitación de Gregor.

Al deze spullen zijn ergens in Gregors kamer terechtgekomen.

El cajón de cenizas de la cocina ahora estaba guardado en su habitación.

De asbak uit de keuken stond nu in zijn kamer.

Y la basura se guardaba en su habitación hasta el día de la basura.

En het afval werd in zijn kamer bewaard tot de vuilnisophaaldag.

La criada arrojó todo lo que no necesitaba en su habitación.

De dienstmeid gooide alles wat ze niet nodig had in zijn kamer.

Afortunadamente no vio más que la mano y el objeto.

Gelukkig zag hij niet meer dan de hand en het voorwerp.

Probablemente tenía la intención de volver a buscar las cosas más tarde.

Ze was waarschijnlijk van plan om de spullen later nog eens op te halen.

O tal vez quería tirarlo todo de una vez.

Of misschien wilde ze alles in één keer weggooien.

Sin embargo, todo permaneció donde había quedado al principio.

Alles bleef echter op de plek waar het was terechtgekomen.

A menos que Gregor moviera la basura moviéndose a través de ella.

Tenzij Gregor de rommel verplaatste door erdoorheen te wurmen.

Al principio se vio obligado a arrastrarse entre toda la basura.

Aanvankelijk moest hij zich door al het afval heen kruipen.

No tenía posibilidad de evitarlo.

Hij had geen enkele mogelijkheid om dat te vermijden.

Pero más tarde realmente encontró placer en esta actividad.

Maar later vond hij juist plezier in deze bezigheid.

Aunque tal esfuerzo lo dejó triste y profundamente cansado.

Hoewel die inspanning hem verdrietig en diep vermoeid maakte.

Y después no pudo moverse durante muchas horas.

En daarna kon hij zich urenlang niet bewegen.

Los inquilinos a veces comían en la sala de estar.

De kostgangers nuttigden hun maaltijd soms in de woonkamer.

La puerta del salón permanecía cerrada esas noches.

De deur van de woonkamer bleef die avonden gesloten.

Pero a Gregor no le resultó difícil no abrir la puerta.

Maar Gregor had er geen moeite mee om de deur nu niet open te doen.

Incluso cuando la puerta estaba abierta, no siempre miraba hacia afuera.

Zelfs als de deur openstond, keek hij niet altijd naar buiten.

Pero él se acostó en el rincón más oscuro de la habitación.

Maar hij ging in de donkerste hoek van de kamer liggen.

La familia tampoco notó su falta de atención.

Ook de familie merkte zijn gebrek aan aandacht niet op.

Pero hubo una vez que la criada dejó la puerta abierta.

Maar er was één keer dat de dienstmeid de deur open liet staan.

La puerta permaneció abierta incluso cuando los inquilinos regresaron.

De deur bleef openstaan, zelfs toen de huurders terugkeerden.

Y la puerta estaba abierta cuando se encendió la luz.

De deur stond open toen het licht werd aangezet.

El hombre se sentó a la mesa donde la familia cenaba.

De man zat aan de tafel waar het gezin dineerde.

Allí se sentaron en el pasado el padre, la madre y Gregor.
Vader, moeder en Gregor zaten daar vroeger.
Desplegaron las servilletas y cogieron cuchillos y tenedores.
Ze vouwden de servetten open en pakten messen en vorken.
La madre apareció en la puerta con un plato de carne.
De moeder verscheen in de deuropening met een kom vlees.
Entonces la hermana entró con un cuenco lleno de patatas.
Toen kwam de zus binnen met een kom vol aardappelen.
Los inquilinos se inclinaron sobre los cuencos colocados delante de ellos.
De logés bogen zich over de kommen die voor hen stonden.
El humo denso de la comida les llegaba hasta la nariz.
De dikke rook van het eten steeg op tot aan hun neuzen.
Pero aún no habían decidido si comerían la comida.
Maar ze hadden nog niet besloten of ze het eten zouden opeten.
Quizás enviarían la comida de vuelta a la cocina.
Misschien zouden ze de maaltijd terugsturen naar de keuken.
El hombre sentado en el medio parecía ser la autoridad.
De man die in het midden zat, leek de autoriteit te zijn.
Cortó la carne para determinar si estaba lo suficientemente tierna.
Hij sneed het vlees aan om te bepalen of het mals genoeg was.
Estaba satisfecho con el olor y el aspecto de la comida.
Hij was tevreden over hoe het eten rook en eruitzag.
La madre y la hermana los observaban ansiosamente.
De moeder en zus hadden hen bezorgd gadegeslagen.
Y empezaron a sonreír con un suspiro de alivio.
En ze begonnen te glimlachen, opgelucht ademhalend.
La propia familia iba a comer en la cocina.
Het gezin zou zelf in de keuken gaan eten.
Pero primero el padre fue a ver cómo estaban los inquilinos.
Maar eerst ging de vader poolshoogte nemen bij de huurders.
Hizo una reverencia, sosteniendo en su mano su gorra de trabajo.
Hij maakte een buiging en hield zijn pet van het werk in zijn hand.

Y caminó en círculo alrededor de la mesa, hacia cada invitado.

En hij liep in een cirkel rond de tafel, langs elke gast.

Todos los inquilinos se pusieron de pie y murmuraron algo entre dientes.

De huurders stonden allemaal op en mompelden in hun baarden.

Después de que él se fue, comieron en un silencio casi absoluto.

Nadat hij vertrokken was, aten ze in vrijwel volledige stilte.

A Gregor le pareció extraño que pudiera oír la masticación.

Gregor vond het vreemd dat hij kauwgeluiden kon horen.

Ningún otro aspecto de la alimentación parecía emitir ningún sonido.

Geen enkel ander aspect van het eten leek enig geluid te maken.

Pero podía oír claramente el rechinar de los dientes.

Maar hij kon duidelijk het geknars van tanden horen.

Parecían decirle que necesitaba dientes para comer.

Het leek alsof ze hem wilden vertellen dat hij tanden nodig had om te kunnen eten.

"No puedes hacer nada si tus mandíbulas no tienen dientes".

"Je kunt niets doen als je geen tanden in je kaken hebt."

"Me gustaría comer algo", dijo Gregor ansiosamente.

"Ik zou graag iets willen eten," zei Gregor ongeduldig.

"Pero no tengo apetito para lo que están comiendo".

"Maar ik heb geen trek in wat jullie allemaal eten."

"Mira cómo comen estos huéspedes y yo aquí muriéndome de hambre".

"Kijk eens hoe deze kostgangers eten, en ik zit hier te verhongeren."

Aquella noche Gregor pensó por casualidad en el violín.

Die avond moest Gregor toevallig aan de viool denken.

No había oído el violín desde la transformación.

Hij had de viool niet meer gehoord sinds de transformatie.

Pero entonces, esta noche, se oyó un ruido desde la cocina.

Maar vanavond kwam er een geluid uit de keuken.

Los caballeros ya habían terminado su cena.

De heren hadden hun avondmaaltijd al achter de rug.

El caballero del medio había comenzado a leer un periódico.

De middelste heer was begonnen met het lezen van een krant.

Les había dado a los otros dos caballeros una hoja a cada uno.

Hij had de andere twee heren elk een vel papier gegeven.

Y ahora estaban recostados, leyendo y fumando.

En nu zaten ze achterover, te lezen en te roken.

Cuando el violín empezó a sonar, se pusieron atentos.

Toen de viool begon te spelen, spitsten ze hun oren.

Se levantaron y caminaron de puntillas hacia la puerta de la antesala.

Ze stonden op en liepen op hun tenen naar de deur van de voorkamer.

Allí estaban, acurrucados juntos, escuchando desde la puerta.

Daar stonden ze dicht bij elkaar, luisterend bij de deur.

La familia debió haber escuchado a los hombres desde la cocina.

De familie moet de mannen vanuit de keuken hebben gehoord.

Porque el padre los llamó y les preguntó;

Omdat de vader hen riep en hen vroeg;

¿Acaso el violín resulta incómodo para los caballeros?

"Is de viool misschien niet comfortabel voor de heren?"

"Si no te gusta la música podemos parar inmediatamente."

"Als je de muziek niet leuk vindt, kunnen we meteen stoppen."

"Al contrario", dijo el centro de los caballeros.

"Integendeel," zei de middelste van de heren.

"¿Le gustaría a la señorita tocar el violín en nuestra habitación?"

"Zou de jonge dame het leuk vinden om viool te spelen in onze kamer?"

"Definitivamente es mucho más cómodo y acogedor aquí".

"Het is hier absoluut veel comfortabeler en gezelliger."

El padre respondió como si fuera el propio violinista.
De vader antwoordde alsof hij zelf de violist was.
"Oh, por favor, eso sería maravilloso", exclamó el padre.
"Och, alsjeblieft, dat zou fantastisch zijn," riep de vader.
Los caballeros regresaron a la sala de estar y esperaron.
De heren keerden terug naar de woonkamer en wachtten.
Pronto el padre entró en la habitación con el atril.
Even later kwam de vader de kamer binnen met de lessenaar.
La madre entró en la habitación con el libro de música.
De moeder kwam de kamer binnen met het muziekboek.
Y la hermana entró en la habitación con el violín.
En toen kwam de zus de kamer binnen met de viool.
Ella preparó todo con calma para tocar el violín.
Ze bereidde rustig alles voor om viool te spelen.
Los padres exageraron su cortesía y modales.
De ouders overdreven hun beleefdheid en manieren.
Nunca antes habían alquilado habitaciones a huéspedes.
Ze hadden nog nooit eerder kamers verhuurd aan
kostgangers.
Y ni siquiera se atrevieron a sentarse en sus propias sillas.
En ze durfden zelfs niet op hun eigen stoelen te gaan zitten.
En lugar de sentarse, el padre se apoyó contra la puerta.
In plaats van te gaan zitten, leunde de vader tegen de deur.
Su mano derecha estaba entre dos botones de su abrigo.
Zijn rechterhand zat tussen twee knopen van zijn jas.
Sin embargo, un caballero le ofreció una silla a la madre.
De moeder kreeg echter een stoel aangeboden door een heer.
Pero ella se sentó donde el caballero había colocado la silla.
Maar ze ging zitten waar de heer de stoel had neergezet.
Y no había colocado la silla en ningún lugar determinado.
En hij had de stoel nergens op een specifieke plek neergezet.
Así que la madre se sentó apartada de todos, en un rincón.
De moeder zat dus apart van de rest, in een hoekje.
Y finalmente la hermana empezó a tocar el violín.
En uiteindelijk begon de zus viool te spelen.
Los padres, en lados opuestos, prestaron mucha atención.
De ouders, die tegenover elkaar zaten, luisterden aandachtig.

Y observaban atentamente cada movimiento de su mano.
En ze hielden elke beweging van haar hand nauwlettend in de gaten.
Gregor también se sentía atraído por la interpretación del violín.
Gregor voelde zich ook aangetrokken tot het vioolspel.
Y se aventuró a salir de su habitación un poco más lejos.
En hij waagde zich een klein stukje verder zijn kamer uit.
Él ya estaba con la cabeza dentro de la sala.
Hij had zijn hoofd al in de woonkamer gestoken.
Solía enorgullecerse de ser muy considerado.
Hij was er altijd erg trots op dat hij zo attent was.
Pero últimamente casi no cuestiona su falta de cuidado.
Maar de laatste tijd stelde hij zijn gebrek aan zorgzaamheid nauwelijks meer ter discussie.
Aunque ahora tenía más motivos para esconderse que antes.
Hoewel hij nu meer reden had om zich te verbergen dan voorheen.
Porque su habitación estaba cubierta de polvo y suciedad diversa.
Omdat zijn kamer vol stof en ander vuil zat.
El más leve movimiento levantaba todo tipo de suciedad.
De geringste beweging deed allerlei vuil opwervelen.
Toda esa suciedad se le pegó: polvo, pelo, restos de comida.
Al dat vuil kleefde aan hem; stof, haren, etensresten.
Podría haber frotado la suciedad contra la alfombra.
Hij had het vuil eraf kunnen wrijven aan het tapijt.
Esto era algo que solía hacer varias veces al día.
Dit deed hij meerdere keren per dag.
Pero su indiferencia hacia todo era demasiado grande.
Maar zijn onverschilligheid voor alles was veel te groot.
Así que no tuvo miedo de avanzar un poco más.
Hij was dus niet bang om een stapje verder te gaan.
Y se trasladó al inmaculado suelo de la sala de estar.
En hij liep verder over de smetteloze vloer van de woonkamer.
Sin embargo, nadie se dio cuenta ni le prestó atención.

Niemand merkte hem echter op of schonk hem enige aandacht.

La familia estaba completamente absorta en el concierto.

Het gezin was volledig in de ban van het concert.

Los caballeros, por el contrario, inicialmente se retiraron.

De heren daarentegen trokken zich aanvankelijk terug.

Y se quedaron cerca, detrás del atril de la hermana.

En ze stonden vlak achter de lessenaar van de zus.

Si hubieran mirado habrían podido ver las notas musicales.

Als ze hadden gekeken, hadden ze de muzieknoten kunnen zien.

Esto, por supuesto, habría perturbado a la hermana.

Dit zou de zus natuurlijk hebben verontrust.

Luego se quedaron de pie junto a la ventana, en lugar de sentarse.

Vervolgens bleven ze bij het raam staan in plaats van te gaan zitten.

Con las manos en los bolsillos seguían hablando.

Met hun handen in hun zakken bleven ze praten.

Permanecieron allí mientras el padre observaba ansiosamente.

Ze bleven daar staan terwijl de vader bezorgd toekeek.

Uno tenía la impresión de que tenían otras expectativas.

Men had de indruk dat ze andere verwachtingen hadden.

Y realmente parecía como si se hubieran decepcionado.

En het leek er echt op alsof ze teleurgesteld waren.

Parecía que ya estaban hartos de la actuación.

Het leek erop dat ze genoeg hadden van het optreden.

Habían permitido que el violín perturbara su paz.

Ze hadden toegestaan dat de viool hun rust verstoorde.

Y sólo toleraban la música por cortesía.

En ze tolereerden de muziek alleen uit beleefdheid.

Lo que más me desconcertó fue cómo expulsaron el humo.

De manier waarop ze de rook wegbliezen was bijzonder verontrustend.

Y aún así, tocaba el violín maravillosamente.

En toch speelde ze zo prachtig viool.

Su rostro estaba inclinado suavemente hacia un lado, sobre el violín.
Haar gezicht was lichtjes opzij gekanteld, op de viool.
Sus ojos buscaban con tristeza las líneas musicales.
Haar ogen dwaalden bedroefd langs de muzieknoten.
Gregor se sintió atraído un poco más hacia la sala de estar.
Gregor voelde zich wat meer naar de woonkamer toegetrokken.
Mantuvo la cabeza cerca del suelo, pero miró hacia arriba.
Hij hield zijn hoofd dicht bij de grond, maar keek omhoog.
Tal vez de esta manera la mirada de su hermana podría encontrarse con la suya.
Misschien dat de blik van zijn zus op deze manier zijn ogen zou kruisen.
¿Puede realmente decirse que era sólo un animal?
Kun je werkelijk zeggen dat hij slechts een dier was?
¿Era un animal si la música podía cautivarlo tanto?
Was hij een dier als muziek hem zo kon boeien?
Sintió como si le mostraran un camino hacia una alimentación desconocida.
Hij had het gevoel dat hem een pad naar onbekende voeding werd getoond.
Quizás éste era el sustento que le faltaba.
Misschien was dit wel de voeding die hij miste.
Estaba decidido a dirigirse hacia su hermana.
Hij was vastbesloten om naar zijn zus toe te gaan.
Quería tirar de su falda para llamar su atención.
Hij wilde aan haar rok trekken om haar aandacht te trekken.
Quería darle una indicación de una invitación.
Hij wilde haar een uitnodiging laten blijken.
"Ven a tocar el violín en mi habitación", quiso decir.
'Kom en speel viool in mijn kamer,' wilde hij zeggen.
Él quería que ella fuera recompensada por su hermosa música.
Hij wilde dat ze beloond zou worden voor haar prachtige muziek.
"Aquí nadie te recompensa por tocar el violín".

"Niemand hier beloont je voor het bespelen van de viool."
Él ya no quería dejarla salir de su habitación.
Hij wilde haar niet meer uit zijn kamer laten.
Él quería que ella permaneciera con él mientras viviera.
Hij wilde dat ze zijn hele leven bij hem zou blijven.
Por primera vez su transformación tuvo un beneficio.
Voor het eerst had zijn transformatie een positief effect.
Su deformidad finalmente iba a serle útil.
Zijn misvorming zou hem uiteindelijk van pas komen.
Quería estar en las cuatro puertas simultáneamente.
Hij wilde tegelijkertijd bij alle vier de deuren zijn.
Quería silbarles y escupirles desde todos los ángulos.
Hij wilde ze vanuit elke hoek bespugen en sissen.
Su hermana no debería verse obligada a quedarse con él.
Zijn zus zou niet gedwongen moeten worden om bij hem te
blijven.
Él quería que ella eligiera quedarse con él voluntariamente.
Hij wilde dat ze er vrijwillig voor zou kiezen om bij hem te
blijven.
Ella iba a sentarse a su lado e inclinarse hacia él.
Ze zou naast hem gaan zitten en zich naar hem toe buigen.
Y le iba a contar sobre la escuela de música.
En hij wilde haar over de muziekschool vertellen.
Tenía la firme intención de enviarla a la academia.
Hij was vastbesloten haar naar de academie te sturen.
Se lo habría contado a todo el mundo la pasada Navidad.
Hij zou het iedereen afgelopen kerst verteld hebben.
¿Ya había llegado y pasado realmente la Navidad?
Is Kerstmis nu echt alweer voorbij?
Y no habría dejado que nadie le disuadiera de ello.
En niemand had hem ervan laten weerhouden.
Pero entonces el desafortunado accidente lo detuvo todo.
Maar toen maakte het noodlottige ongeluk een einde aan alles.
La hermana se habría sentido abrumada por la emoción.
De zus zou door emoties overmand zijn geweest.
Y entonces Gregor se habría subido hasta su hombro.
En dan zou Gregor op haar schouder zijn geklommen.

Y la habría consolado besándole el cuello.

En hij zou haar getroost hebben door haar in haar nek te kussen.

—¡Señor Samsa! —gritó el hombre del medio al padre.

"Meneer Samsa!" riep de man in het midden naar de vader.

Señalaba con su dedo índice hacia Gregor.

Hij wees met zijn wijsvinger naar beneden, richting Gregor.

Gregor se movía lentamente por el suelo de la sala de estar.

Gregor bewoog zich langzaam over de vloer van de woonkamer.

El sonido del violín se silenció muy rápidamente.

Het vioolspel verstomde al snel.

El del medio de los tres hombres sonrió a sus amigos.

De middelste van de drie mannen glimlachte naar zijn vrienden.

Luego meneó la cabeza y volvió a mirar a Gregor.

Toen schudde hij zijn hoofd en keek hij Gregor weer aan.

El padre podría haber obligado a Gregor a regresar a su habitación.

De vader had Gregor terug naar zijn kamer kunnen sturen.

Pero esa no fue la primera acción que decidió tomar.

Maar dat was niet de eerste actie die hij ondernam.

Pensó que era más importante calmar a los caballeros.

Hij vond het belangrijker om de heren tot rust te brengen.

Aunque en realidad no estaban molestos en absoluto por Gregor.

Hoewel ze eigenlijk helemaal niet boos waren op Gregor.

Gregor parecía más entretenido que tocar el violín.

Gregor leek vermakelijker dan het vioolspel.

Corrió hacia ellos con los brazos extendidos.

Hij snelde naar hen toe met uitgestrekte armen.

Estaba intentando hacer lo mejor que podía para ocultar su visión de Gregor.

Hij deed zijn best om hun beeld van Gregor te verbergen.

Y trató de animarlos a regresar a su habitación.

En hij probeerde hen over te halen terug te gaan naar hun kamer.

En realidad, esto los hizo enfadar un poco.
Sterker nog, dit maakte hen zelfs een beetje geïrriteerd.
Pero era difícil decir exactamente qué les molestaba.
Maar het was moeilijk te zeggen wat hen precies irriteerde.
El padre estaba arruinando la diversión de la noche.
De vader verpestte de pret van de avond.
Pero también acababan de enterarse de su nuevo compañero de piso.
Maar ze hadden ook net vernomen dat ze een nieuwe huisgenoot zouden krijgen.
Levantaron las manos tal como lo había hecho el padre.
Ze staken hun handen op, net zoals de vader had gedaan.
Exigieron una explicación inmediata al padre.
Ze eisten een onmiddellijke verklaring van de vader.
Se tiraron inquietos de la barba esperando una respuesta.
Ze trokken onrustig aan hun baarden, in de hoop een antwoord te krijgen.
Y retrocedieron hasta su habitación, pero muy lentamente.
En ze liepen langzaam achteruit naar hun kamer.
La interrupción había dejado a la hermana en trance.
De onderbreking had de zus in een trance gebracht.
Dejó que el violín y el arco colgaran a su lado.
Ze liet de viool en de strijkstok langs haar zij hangen.
Y ella miraba la partitura como si todavía estuviera tocando.
En ze bekeek de bladmuziek alsof ze nog steeds aan het spelen was.
Pero de repente ella regresó a la habitación.
Maar toen trok ze zich plotseling terug in de kamer.
Y ahora había superado el sentimiento de estar perdida.
En ze had het gevoel van verdwaald zijn nu overwonnen.
Ella colocó el instrumento musical en el regazo de su madre.
Ze legde het muziekinstrument op de schoot van haar moeder.
La madre estaba sentada en la silla, respirando con dificultad.
De moeder zat in de stoel en ademde zwaar.
Y entonces la hermana tuvo que correr a la habitación de al lado.

En toen moest de zus naar de volgende kamer rennen.
Tenía que dejar todo listo para los caballeros.
Ze moest alles klaarmaken voor de heren.
Ella arrojó las mantas y los cojines al aire.
Ze gooide de dekens en kussens de lucht in.
Y con sus manos expertas dispuso toda la ropa de cama.
En met haar bekwame handen schikte ze al het beddengoed.
Terminó antes de que los caballeros llegaran a la habitación.
Ze was klaar voordat de heren de kamer bereikten.
Y ella se escabulló antes de interponerse en su camino.
En ze glipte weg voordat ze hen in de weg zat.
El padre parecía estar dominado por su propia terquedad.
De vader leek verlamd te zijn door zijn eigen koppigheid.
Y así olvidó todo respeto que debía a sus inquilinos.
En zo vergat hij alle respect dat hij zijn huurders verschuldigd
was.
Empujó y empujó hasta que su portavoz se opuso.
Hij bleef aandringen tot hun woordvoerder bezwaar maakte.
Al llegar a la puerta, dio una patada furiosa.
Toen hij bij de deur aankwam, stampte hij woedend met zijn
voet.
Y con esto logró detener al padre.
En daarmee bracht hij de vader tot stilstand.
**"Por la presente declaro", comenzó dirigiéndose a su
propietario.**
"Hierbij verklaar ik," begon hij zich tot zijn huisbaas te richten.
Y levantó la mano, mirando a toda la familia.
En hij stak zijn hand op en keek de hele familie aan.
"En cuanto a las repugnantes condiciones de la habitación;"
"Met betrekking tot de walgelijke toestand van de kamer;"
Y se aseguró de que todos escucharan sus palabras.
En hij zorgde ervoor dat iedereen naar zijn woorden luisterde.
"Por la presente, le comunico que desocuparé mi habitación".
"Hierbij geef ik kennis dat ik mijn kamer zal verlaten."
Y reiteró su punto escupiendo en el suelo.
En hij onderstreepte zijn punt nog eens door op de grond te
spugen.

"Tampoco pagaré por los días que he vivido aquí."
"Ik zal ook niet betalen voor de dagen dat ik hier heb
gewoond."
**Sin embargo, no estaba completamente satisfecho con este
reembolso.**
Hij was echter niet helemaal tevreden met deze terugbetaling.
"Y consideraré hacer otras demandas contra usted."
"En ik zal overwegen om nog andere eisen aan u te stellen."
Créeme, tales exigencias serán muy fáciles de justificar.
"Geloof me, zulke eisen zullen heel gemakkelijk te
rechtvaardigen zijn."
Él permaneció en silencio y miró directamente al padre.
Hij zweeg en keek recht voor zich uit naar zijn vader.
Parecía estar esperando que sucediera algo más.
Hij leek te verwachten dat er meer zou gebeuren.
**De hecho, sus dos amigos inmediatamente tuvieron la
misma idea.**
Zijn twee vrienden hadden namelijk meteen hetzelfde idee.
**"También estamos cancelando nuestras habitaciones",
dijeron al unísono.**
"We annuleren ook onze kamers," zeiden ze in koor.
Luego agarró la manija de la puerta y cerró la puerta.
Vervolgens greep hij de deurklink vast en sloot de deur.
Y con un fuerte estruendo se encerraron en su habitación.
En met een luide knal sloten ze zich op in hun kamer.
El padre se tambaleó hasta su silla con manos torpes.
De vader strompelde met tastende handen naar zijn stoel.
Y se dejó caer en la silla, derrotado.
En hij liet zich verslagen in de stoel vallen.
Parecía como si fuera a echar su siesta vespertina habitual.
Het leek alsof hij zijn gebruikelijke avonddutje ging doen.
Pero su cabeza asintió casi como si no tuviera apoyo.
Maar zijn hoofd knikte alsof het niet ondersteund werd.
Y se podía ver que no estaba durmiendo en absoluto.
Het was duidelijk dat hij helemaal niet sliep.
**Durante todo este tiempo Gregor no se había movido de su
sitio.**

Gedurende dit alles was Gregor geen centimeter van zijn plek gekomen.

Todavía estaba donde los caballeros lo habían visto por primera vez.

Hij bevond zich nog steeds op de plek waar de heren hem voor het eerst hadden gezien.

Incluso si hubiera querido moverse, le resultó imposible.

Zelfs als hij had willen verhuizen, bleek dat onmogelijk.

Por su decepción, o por su hambre.

Vanwege zijn teleurstelling, of vanwege zijn honger.

Estaba decepcionado por el fracaso de su plan.

Hij was teleurgesteld over het mislukken van zijn plan.

Y estaba débil por el hambre prolongada que sentía.

En hij was verzwakt door de langdurige honger die hij had geleden.

Estaba seguro de que en cualquier momento todos se volverían contra él.

Hij was ervan overtuigd dat iedereen zich elk moment tegen hem zou keren.

Con esta expectativa de colapso inminente, esperó.

Met de verwachting van een dreigende ineenstorting wachtte hij af.

El violín empezó a deslizarse del regazo de la madre.

De viool begon van de schoot van de moeder af te glijden.

Con un sonido resonante el violín cayó al suelo.

Met een daverende klap viel de viool op de grond.

Pero ni siquiera ese repentino ruido estrepitoso lo sobresaltó.

Maar zelfs dit plotselinge gekraak deed hem niet schrikken.

«Queridos padres», dijo la hermana, «esto no puede continuar».

"Lieve ouders," zei de zus, "dit kan zo niet langer doorgaan."

Y golpeó la mesa con la mano para dejar claro su punto.

En ze sloeg met haar hand op tafel om haar punt duidelijk te maken.

"No diré el nombre de mi hermano delante de este monstruo".

"Ik zal de naam van mijn broer niet uitspreken in het bijzijn
van dit monster."
"Por eso lo digo lo más claramente posible:"
"Daarom zeg ik dit zo direct mogelijk:"
"No tenemos otra opción que deshacernos de este animal".
"We hebben geen andere keus dan dit dier weg te doen."
**"Hicimos lo mejor que pudimos para tolerar y cuidar a este
animal".**
"We hebben ons best gedaan om dit dier te tolereren en te
verzorgen."
"No creo que nadie pueda culparnos en lo más mínimo".
"Ik denk dat niemand ons ook maar enigszins iets kan
verwijten."
"Tiene mil veces razón", asintió el padre.
"Ze heeft duizendvoudig gelijk," beaamde de vader.
La madre aún no había recuperado del todo el aliento.
De moeder was nog steeds niet volledig op adem gekomen.
**Ella empezó a toser sordamente en su mano, respirando con
dificultad.**
Ze begon dof in haar hand te hoesten en ademde zwaar.
Y una expresión de locura comenzó a surgir en sus ojos.
En er verscheen een waanzinnige uitdrukking in haar ogen.
La hermana corrió hacia su madre y le sujetó la frente.
De zus snelde naar haar moeder toe en greep haar voorhoofd
vast.
El padre pareció inspirarse en las palabras de la hermana.
De vader leek geïnspireerd te zijn door de woorden van zijn
zus.
Y sus pensamientos parecían ser más claros que antes.
En zijn gedachten leken helderder dan voorheen.
Dejó de asentir con la cabeza y volvió a sentarse derecho.
Hij stopte met knikken en ging weer rechtop zitten.
**Y jugaba con la gorra de sirviente, sumido en sus
pensamientos.**
En hij speelde met de pet van zijn bediende, diep in gedachten
verzonken.
Los platos de los inquilinos todavía estaban sobre la mesa.

De borden van de huurders stonden nog op tafel.
Y a veces miraba hacia el silencioso Gregor.
En soms keek hij naar de zwijgende Gregor.
"Tenemos que intentar deshacernos de él", le dijo la hermana.
"We moeten proberen er vanaf te komen," zei de zus tegen hem.
La madre estaba demasiado ocupada tosiendo como para escuchar.
De moeder was te druk bezig met hoesten om te luisteren.
"Los matará a ambos, ya lo veo venir."
"Het zal jullie allebei fataal worden, ik zie het al aankomen."
"No podemos seguir trabajando tan duro como lo hacemos todos."
"We kunnen niet allemaal zo hard blijven werken als we nu doen."
"Y cada día tenemos que volver a casa y encontrarnos con esta tortura."
"En elke dag moeten we thuiskomen en deze kwelling weer ondergaan."
"No podemos soportarlo más. No puedo soportarlo."
"We kunnen het niet langer verdragen. Ik kan het niet langer verdragen."
Ella cayó ante su madre en un último estallido de lágrimas.
In een laatste uitbarsting van tranen viel ze in de armen van haar moeder.
Las lágrimas cayeron por su rostro y sobre el de su madre.
De tranen rolden over haar gezicht en vielen op dat van haar moeder.
Y se secó las lágrimas con un movimiento mecánico.
En ze veegde de tranen mechanisch weg.
"Hijo mío", dijo el padre con voz compasiva.
"Mijn kind," zei de vader met een meelevende stem.
Había profunda simpatía y comprensión en su voz.
Er klonk veel medeleven en begrip in zijn stem.
«Pero ¿qué debemos hacer?», confesó no saberlo.
"Maar wat moeten we doen?" bekende hij, en hij wist het niet.

La hermana simplemente se encogió de hombros con
impotencia.
De zus haalde hulpeloos haar schouders op.
Y su confianza anterior fue reemplazada nuevamente por
lágrimas.
En haar eerdere zelfvertrouwen maakte opnieuw plaats voor
tranen.
«Si nos entendiera», dijo el padre en voz alta.
'Als hij ons maar begreep,' zei de vader hardop.
Y se preguntó si tal vez Gregor entendía.
En hij vroeg zich half af of Gregor het misschien wel begreep.
La hermana simplemente sacudió su mano violentamente
mientras lloraba.
De zus schudde huilend haar hand heftig heen en weer.
Y entonces ella señaló que no se debía pensar en esa idea.
En daarmee gaf ze aan dat het idee niet overwogen moest
worden.
«¡Si nos comprendiera!», repitió el padre.
'Maar als hij ons toch eens begreep,' herhaalde de vader.
Cerrando los ojos consideró la respuesta de la hermana.
Hij sloot zijn ogen en overwoog het antwoord van zijn zus.
"Si lo entendiera se podría llegar a un acuerdo con él."
"Als hij het begreep, kon er een overeenkomst met hem
worden gesloten."
"Pero estando las cosas como están..."
"Maar gezien de huidige omstandigheden..."
"Tiene que irse", gritó la hermana, "es la única manera".
"Het moet weg," riep de zus, "het is de enige manier."
"Tienes que deshacerte de la idea de que es Gregor".
"Je moet de gedachte dat het Gregor is, loslaten."
"Que lo hayamos creído durante tanto tiempo es nuestra
verdadera desgracia."
"Dat we het zo lang hebben geloofd, is ons grootste ongeluk."
«¿Pero cómo puede ser Gregor?», le preguntó a su padre.
'Maar hoe kan het Gregor zijn?' vroeg ze aan haar vader.
"Sabía que un animal así no podía coexistir con los
humanos".

"Hij wist dat zo'n dier niet samen met mensen kan leven."
**Gregor nos habría abandonado hace mucho tiempo,
voluntariamente.**
"Gregor zou ons allang vrijwillig hebben verlaten."
"Es cierto, entonces no tendríamos ningún hermano."
"Dat klopt, dan zouden we geen broer meer hebben."
"Pero podríamos seguir viviendo y honrar su memoria".
"Maar we kunnen wel doorgaan met leven en zijn
nagedachtenis eren."
**"Pero esta bestia nos persigue y ahuyenta a nuestros
labradores."**
"Maar dit beest achtervolgt ons en jaagt onze huurders weg."
"Es evidente que quiere apoderarse de todo el apartamento".
"Het wil overduidelijk het hele appartement overnemen."
"Esta bestia quiere hacernos dormir en la calle."
"Dit beest wil ons op straat laten slapen."
«Mira, padre», gritó de repente, «¡se mueve otra vez!»
"Kijk, vader," riep ze plotseling, "hij beweegt weer!"
E hizo algo que ni siquiera Gregor pudo entender.
En ze deed iets wat zelfs Gregor niet kon begrijpen.
Ella se apartó, como sacrificando a la madre.
Ze stootte zichzelf af, alsof ze haar moeder opofferde.
**Y ella corrió detrás de su padre buscando algún tipo de
seguridad.**
En ze rende achter haar vader aan, voor een soort van
veiligheid.
El padre estaba agitado únicamente porque su hija lo estaba.
De vader was alleen maar overstuur omdat zijn dochter dat
ook was.
**Pero entonces él también se levantó y levantó los brazos
sobre ella.**
Maar toen stond hij ook op en hief zijn armen boven haar uit.
Pero Gregor no tenía intención de asustar a nadie.
Maar Gregor was helemaal niet van plan geweest om iemand
bang te maken.
Sobre todo no pensó en asustar a su hermana.

Hij had er absoluut geen behoefte aan om zijn zus bang te maken.

Él sólo estaba intentando regresar a su habitación.

Hij probeerde zich net om te draaien en terug te lopen naar zijn kamer.

Pero dado que su estado estaba empeorando, incluso esto era difícil.

Maar in zijn verslechterende toestand was zelfs dat moeilijk.

Y ya no tenía pleno uso de todas sus piernas.

En hij kon zijn benen niet meer volledig gebruiken.

Entonces usó su cabeza para levantar su cuerpo y girar.

Dus gebruikte hij zijn hoofd om zijn lichaam op te tillen en zich om te draaien.

Hizo una pausa y miró a su alrededor esperando la aprobación de la familia.

Hij pauzeerde even en keek rond, wachtend op de goedkeuring van de familie.

Su buena intención parecía haber sido reconocida.

Zijn goede bedoeling leek te zijn erkend.

Su movimiento sólo había sido un shock momentáneo para ellos.

Zijn beweging had hen slechts even doen schrikken.

Ahora todos lo miraban en un silencio infeliz.

Nu keken ze hem allemaal in ongelukkige stilte aan.

La madre seguía tumbada en el sillón, exhausta.

De moeder lag nog steeds uitgeput in de fauteuil.

El padre y la hermana estaban sentados uno al lado del otro.

De vader en zus zaten naast elkaar.

«Quizás ahora me dejen dar la vuelta», pensó Gregor.

'Misschien laten ze me nu wel omdraaien,' dacht Gregor.

Y continuó haciendo su torpe movimiento de giro.

En hij bleef die onhandige draaibeweging maken.

No podía reprimir los jadeos ocasionales de esfuerzo.

Hij kon de af en toe opkomende hijgende ademhalingen niet onderdrukken.

Y se vio obligado a descansar un par de veces entre uno y otro.

En hij was genoodzaakt om tussendoor een paar keer uit te
rusten.
**Ya nadie le obligaba a apresurarse; la decisión estaba en sus
manos.**
Niemand dwong hem nu nog tot haasten; het was aan
hemzelf.
Al final completó el giro lento y doloroso.
Uiteindelijk voltooide hij de langzame en pijnlijke draai.
**Inmediatamente comenzó a caminar directamente de regreso
a su habitación.**
Hij liep meteen terug naar zijn kamer.
Se sorprendió de lo lejos que estaba de su habitación.
Hij was verbaasd over hoe ver hij van zijn kamer verwijderd
was.
¿Cómo, a pesar de su debilidad, había llegado allí antes?
Hoe was hij er, ondanks zijn zwakte, eerder toch gekomen?
Había recorrido casi el mismo camino sin darse cuenta.
Hij had vrijwel dezelfde route afgelegd zonder het te beseffen.
Ahora él sólo se concentró en gatear tan rápido como podía.
Hij concentreerde zich er nu alleen nog maar op om zo snel
mogelijk te kruipen.
La falta de comentarios por parte de alguien no le inquietó.
Het feit dat niemand reageerde, stoorde hem niet.
Sólo cuando ya estaba en la puerta giró la cabeza.
Pas toen hij al binnen was, draaide hij zijn hoofd om.
**Pero no pudo darse la vuelta para mirar hacia atrás por
completo.**
Maar hij kon zich niet helemaal omdraaien om achterom te
kijken.
**Porque sintió que su cuello se ponía aún más rígido al
girarse.**
Omdat hij voelde dat zijn nek nog stijver werd toen hij zich
omdraaide.
**Pero vio que de todas formas nada había cambiado detrás de
él.**
Maar hij zag dat er achter hem in elk geval niets veranderd
was.

La única diferencia fue que su hermana se puso de pie.

Het enige verschil was dat zijn zus was opgestaan.

Su última mirada mostró que su madre se había quedado dormida.

Zijn laatste blik toonde aan dat zijn moeder in slaap was gevallen.

Tan pronto como estuvo dentro de su habitación la puerta se cerró.

Zodra hij in zijn kamer was, werd de deur gesloten.

Y tan pronto como la puerta se cerró, el cerrojo quedó bloqueado.

En zodra de deur dicht was, werd het slot vergrendeld.

Gregor se asustó por el ruido inesperado que se oía detrás.

Gregor schrok van het onverwachte geluid achter hem.

Y sus piernas se doblaron bajo él por la repentina sorpresa.

En door de plotselinge schrik begaven zijn benen het.

Fue la hermana quien corrió hacia la puerta detrás de él.

Het was zijn zus die achter hem aan naar de deur was gerend.

Ella ya se encontraba allí de pie, esperándolo.

Ze stond daar al rechtop en wachtte op hem.

Luego saltó hacia delante ligeramente sin que Gregor la oyera.

Vervolgens sprong ze lichtvoetig naar voren, zonder dat Gregor het hoorde.

"¡Por fin!" gritó en voz alta mientras giraba la llave.

"Eindelijk!" riep ze hardop, terwijl ze de sleutel omdraaide.

"¿Y ahora qué?", se preguntó Gregor, solo en la oscuridad.

'Wat nu?', vroeg Gregor zich af, alleen in het donker.

Pronto descubrió que ya no podía moverse en absoluto.

Hij ontdekte al snel dat hij zich helemaal niet meer kon bewegen.

Pero no le sorprendió realmente su inmovilidad.

Maar hij was niet echt verrast door zijn onbeweeglijkheid.

Poder moverse con piernas tan delgadas parecía ridículo.

Het leek absurd dat iemand zich op zulke dunne benen kon voortbewegen.

No sabía cómo había sido capaz de hacerlo.

Hij wist niet hoe hij het ooit voor elkaar had gekregen.
Pero aparte de eso se sentía relativamente cómodo.
Maar afgezien daarvan voelde hij zich relatief op zijn gemak.
Es cierto que sentía un dolor profundo en todo el cuerpo.
Het klopt dat hij hevige pijn door zijn hele lichaam voelde.
Pero el dolor parecía hacerse cada vez más débil.
Maar de pijn leek steeds minder te worden.
Y sintió que el dolor eventualmente desaparecería.
En hij had het gevoel dat de pijn uiteindelijk zou verdwijnen.
Ya casi no sentía la manzana podrida en su espalda.
Hij voelde de rotte appel in zijn rug nauwelijks meer.
Pensó en su familia con emoción y amor.
Hij dacht met emotie en liefde terug aan zijn familie.
Sintió las emociones de su hermana incluso más que ella misma.
Hij voelde de emoties van zijn zus nog sterker dan zijzelf.
Ella tenía razón en lo que había dicho: él tenía que irse.
Ze had gelijk met wat ze had gezegd; hij moest vertrekken.
Pasó algún tiempo en ese estado vacío y pacífico.
Hij bracht enige tijd door in deze lege en vredige staat.
El reloj dio tres veces, silenciosamente, pero con firmeza.
De klok sloeg drie keer, zachtjes maar vastberaden.
Gregor fue sacado suavemente de sus meditaciones.
Gregor werd zachtjes uit zijn overpeinzingen gehaald.
Observó cómo la luz de la mañana entraba lentamente en su habitación.
Hij keek toe hoe het ochtendlicht langzaam zijn kamer binnenstroomde.
Entonces su cabeza se hundió por completo, sin su voluntad.
Toen zakte zijn hoofd geheel naar beneden, tegen zijn wil in.
Y su último aliento fluyó débilmente de su nariz.
En zijn laatste adem ontsnapte zwakjes uit zijn neusgaten.

La criada entró en su habitación temprano en la mañana.
De dienstmeid kwam 's ochtends vroeg zijn kamer binnen.
No encontró nada inusual durante su corta visita habitual.

Tijdens haar gebruikelijke korte bezoek trof ze niets ongewoons aan.

Con fuerza y prisa cerró de golpe todas las puertas.

In haar overgave en haast sloeg ze alle deuren dicht.

No fue posible dormir tranquilo en todo el apartamento.

In het hele appartement was het onmogelijk om rustig te slapen.

Le habían pedido que evitara hacer esto por la mañana.

Er was haar gevraagd dit 's ochtends te vermijden.

Ella pensó que él yacía allí inmóvil a propósito.

Ze dacht dat hij daar expres zo roerloos lag.

Quizás quería demostrarle que estaba ofendido.

Misschien wilde hij haar laten zien dat hij zich beledigd voelde.

Ella confiaba en que él tenía todo tipo de inteligencia.

Ze vertrouwde erop dat hij over allerlei soorten intelligentie beschikte.

Ella sostenía por casualidad la escoba larga en su mano.

Ze had toevallig de lange bezem in haar hand.

Entonces, desde la puerta, intentó hacerle un poco de cosquillas a Gregor.

Vanuit de deuropening probeerde ze Gregor een beetje te kietelen.

Ella estaba un poco molesta porque él no respondió en absoluto.

Ze was een beetje geïrriteerd dat hij helemaal niet reageerde.

Así que esta vez lo empujó un poco más firmemente.

Dus duwde ze hem deze keer wat steviger aan.

Cuando él no ofreció resistencia, ella lo miró más de cerca.

Toen hij geen weerstand bood, bekeek ze hem van dichterbij.

Pronto se dio cuenta de lo que realmente le había sucedido a Gregor.

Ze besefte al snel wat er werkelijk met Gregor was gebeurd.

Abrió más los ojos y silbó para sí misma.

Ze opende haar ogen wijder en floot zachtjes voor zich uit.

Pero no perdió mucho tiempo antes de abrir la puerta.

Maar ze aarzelde geen moment voordat ze de deur opende.

Y clamó a gran voz en la oscuridad:
En ze riep met luide stem in de duisternis:
"Ven a echarle un vistazo, ahí está, completamente muerto."
"Kom eens kijken, daar ligt het, helemaal dood."
Los dos padres estaban sentados erguidos en el lecho conyugal.
De twee ouders zaten rechtop in hun echtelijk bed.
Primero tuvieron que superar el impacto del ruido.
Eerst moesten ze de schok van het lawaai verwerken.
Pero poco a poco empezaron a comprender su mensaje.
Maar toen begonnen ze haar boodschap langzaam te begrijpen.
El señor y la señora Samsa saltaron cada uno de su lado de la cama.
Meneer en mevrouw Samsa sprongen allebei uit hun kant van het bed.
El señor Samsa se echó la gruesa manta sobre los hombros.
Meneer Samsa gooide de dikke deken over zijn schouders.
Y la señora Samsa salió sin nada más que su camisón.
En mevrouw Samsa kwam naar buiten, gekleed in niets anders dan haar nachtjapon.
Y así entraron en la habitación de Gregor.
En zo kwamen ze Gregors kamer binnen.
Mientras tanto, la puerta de la sala de estar también se había abierto.
Ondertussen was ook de deur naar de woonkamer opengegaan.
Grete había dormido allí desde que los inquilinos se mudaron.
Grete sliep daar al sinds de huurders er waren ingetrokken.
Estaba completamente vestida como si no hubiera dormido en absoluto.
Ze was volledig aangekleed, alsof ze helemaal niet had geslapen.
Su rostro pálido también parecía demostrar su falta de sueño.

Haar bleke gezicht leek ook te bewijzen dat ze slaapgebrek
had.

**"¿Está muerto?" preguntó la señora Samsa, mirando a la
criada.**

'Is hij dood?' vroeg mevrouw Samsa, terwijl ze naar de
dienstmeid keek.

Ella podría haberlo confirmado mirándolo ella misma.

Ze had dit kunnen bevestigen door hem zelf te bekijken.

"Creo que sí", dijo la criada cogiendo la escoba.

"Ik denk het wel," zei de dienstmeid, terwijl ze de bezem
oppakte.

Y ella empujó su cuerpo muy lejos por el suelo.

En ze duwde zijn lichaam een flink stuk over de vloer.

**La señora Samsa hizo un movimiento como si quisiera
detenerla.**

Mevrouw Samsa maakte een beweging alsof ze haar wilde
tegenhouden.

**Pero al final dejó que la criada llevara a Gregor de un lado a
otro.**

Maar uiteindelijk liet ze het dienstmeisje Gregor rondleiden.

**—Bueno —dijo el señor Samsa—, por fin podemos dar
gracias a Dios.**

"Welnu," zei meneer Samsa, "eindelijk kunnen we God
danken."

Hizo la señal de la cruz; cabeza, pecho, hombros.

Hij maakte het kruisgebaar: hoofd, borst, schouders.

Y las tres mujeres siguieron su ejemplo religioso.

En de drie vrouwen volgden zijn religieuze voorbeeld.

Grete, que no apartaba la vista del cadáver, dijo:

Grete, die haar ogen niet van het lijk afwendde, zei:

"Mira qué delgado estaba, hacía tanto tiempo que no comía."

"Kijk eens hoe mager hij is, hij heeft al zo lang niet gegeten."

**"La comida que le dejaba cada mañana siempre estaba
intacta."**

"Het eten dat ik hem elke ochtend gaf, bleef altijd
onaangeraakt."

De hecho, el cuerpo de Gregor estaba completamente plano y seco.

In werkelijkheid was Gregors lichaam volledig plat en droog.

Esto era más visible ahora que estaba en el suelo.

Dit was nu duidelijker zichtbaar, nu hij op de grond lag.

Porque su cuerpo ya no era levantado por sus piernas.

Omdat zijn lichaam niet langer door zijn benen werd opgetild.

Y porque no había nada más que distrajera la vista.

En omdat er verder niets was dat het uitzicht afleidde.

—Ven un rato con nosotros, Grete —dijo la señora Samsa.

"Kom even bij ons binnen, Grete," zei mevrouw Samsa.

Había una sonrisa dolorosa en sus labios mientras hablaba.

Er verscheen een pijnlijke glimlach op haar lippen terwijl ze sprak.

Grete los siguió, pero también miró hacia el cadáver.

Grete volgde hen, maar keek ook nog even achterom naar het lijk.

La criada cerró la puerta y abrió completamente la ventana.

De dienstmeid sloot de deur en opende het raam volledig.

Todavía era temprano, por lo que normalmente el aire estaría frío.

Het was nog vroeg, dus de lucht was normaal gesproken koud.

Pero también había una mezcla de calidez en el aire frío.

Maar er was ook een vleugje warmte in de koude lucht.

Como un suave recordatorio de que ya era finales de marzo.

Als een subtiele herinnering dat het einde van maart was aangebroken.

Los tres inquilinos ahora también salieron de su habitación.

De drie huurders verlieten nu ook hun kamer.

Miraron a su alrededor con asombro en busca de su desayuno.

Ze keken vol verbazing om zich heen naar hun ontbijt.

El desayuno fue olvidado por lo que encontró la criada.

Het ontbijt werd vergeten vanwege wat de dienstmeid aantrof.

"¿Dónde está el desayuno?" se quejó el caballero del medio.

"Waar is het ontbijt?" mopperde de middelste heer.
La criada se llevó el dedo a la boca para ordenar silencio.
De dienstmeid legde een vinger op haar lippen om stilte te gebieden.
Y ella rápidamente y en silencio saludó a los caballeros.
En ze zwaaide haastig en zwijgend naar de heren.
La criada acompañó a los tres caballeros a la habitación.
De dienstmeid begeleidde de drie heren naar de kamer.
Y continuó explicándoles lo que había sucedido.
En ze bleef hun uitleggen wat er gebeurd was.
Y los tres caballeros estaban alrededor del cadáver de Gregor.
En de drie heren stonden rond het lijk van Gregor.
Con las manos en los bolsillos miraron hacia abajo.
Met hun handen in hun zakken keken ze naar beneden.
La luz de la mañana ahora había inundado completamente la habitación.
Het ochtendlicht had de kamer nu volledig overspoeld.
Entonces se abrió la puerta del dormitorio y apareció el señor Samsa.
Toen ging de slaapkamerdeur open en verscheen meneer Samsa.
A un lado estaba su esposa y al otro su hija.
Aan de ene kant stond zijn vrouw, en aan de andere kant zijn dochter.
Para entonces el señor Samsa ya llevaba puesto su uniforme.
Meneer Samsa droeg inmiddels al zijn uniform.
Se podía ver que todos habían estado llorando un poco.
Je kon zien dat ze allemaal een beetje hadden gehuild.
Grete presionó su cara contra el brazo de su padre.
Grete drukte haar gezicht tegen de arm van haar vader.
"¡Sal de mi apartamento inmediatamente!" ordenó el señor Samsa.
"Verlaat mijn appartement onmiddellijk!" beval meneer Samsa.
Y señaló la puerta sin dejar salir a las mujeres.
En hij wees naar de deur zonder de vrouwen te laten gaan.

"¿Qué quieres decir?" preguntó el intermediario desconcertado.

'Wat bedoelt u?' vroeg de tussenpersoon, zichtbaar verward.

Y él hizo lo mejor que pudo para sonreír dulcemente al señor Samsa.

En hij deed zijn best om vriendelijk naar meneer Samsa te glimlachen.

Los otros dos llevaban las manos tras la espalda.

De andere twee hielden hun handen achter hun rug.

Y se frotaron las manos con anticipación.

En ze wreven vol verwachting hun handen tegen elkaar.

Parecía que esperaban que se produjera una fuerte pelea.

Ze leken een luidruchtige ruzie te verwachten.

Pero ellos parecían estar contentos con la discusión que se avecinaba.

Maar ze leken blij te zijn met de aanstaande discussie.

Creían que la disputa sería a su favor.

Ze dachten dat het geschil in hun voordeel zou uitpakken.

"Quiero decir exactamente lo que acabo de decir", respondió el señor Samsa.

"Ik bedoel precies wat ik net zei," antwoordde meneer Samsa.

Caminó en línea recta con sus dos compañeros.

Hij liep in een rechte lijn met zijn twee metgezellen.

Y el señor Samsa se dirigió directamente a su caballero principal.

En meneer Samsa benaderde rechtstreeks hun hoofdman.

El caballero primero se quedó quieto, mirando al suelo.

De heer bleef eerst stil staan en keek naar de grond.

El contenido de su cabeza todavía estaba ordenándose.

De inhoud van zijn hoofd was zich nog aan het ordenen.

—Está bien, nos vamos —dijo y miró al señor Samsa.

'Goed, we gaan,' zei hij, en keek op naar meneer Samsa.

Una nueva humildad pareció apoderarse de él de repente.

Een nieuwe nederigheid leek hem plotseling te hebben overvallen.

Y parecía estar pidiendo permiso para esta decisión.

En hij leek toestemming te vragen voor deze beslissing.

El señor Samsa abrió mucho los ojos y asintió un poco.
Meneer Samsa sperde zijn ogen wijd open en knikte even.
Los caballeros obedecieron inmediatamente su orden.
De heren gehoorzaamden onmiddellijk zijn bevel.
Y efectivamente dieron largos pasos por el pasillo.
En ze zetten daadwerkelijk lange passen in de gang.
Sus amigos ya habían dejado de frotarse las manos.
Zijn vrienden waren al gestopt met in hun handen te wrijven.
Habían estado escuchando cómo iba la conversación.
Ze hadden geluisterd naar hoe het gesprek verliep.
Y ahora corrían tras él, como si tuvieran miedo.
En nu renden ze achter hem aan, alsof ze bang waren.
El señor Samsa aún podría aislarlos de su líder.
Meneer Samsa zou hen nog steeds van hun leider kunnen
isoleren.
Sacaron sus palos del contenedor.
Ze haalden hun stokken uit de stokhouder.
Y se inclinaron en silencio antes de salir del apartamento.
En ze maakten een stille buiging voordat ze het appartement
verlieten.
**El señor Samsa y las dos mujeres salieron del patio
delantero.**
Meneer Samsa en de twee vrouwen verlieten het voorplein.
**Pero en realidad no tenían motivos para desconfiar de los
hombres.**
Maar eigenlijk hadden ze geen enkele reden om de mannen te
wantrouwen.
**Se apoyaron en la barandilla para comprobar si se habían
ido.**
Ze leunden tegen de reling om te controleren of ze weg waren.
**Los tres caballeros efectivamente estaban bajando las
escaleras.**
De drie heren daalden inderdaad de trap af.
En un determinado recodo de la escalera desaparecieron.
In een bepaalde bocht van de trap verdwenen ze.
Y entonces la escalera los trajo de nuevo a la vista.
En toen bracht de trap hen weer in zicht.

Esta aparición y desaparición se repite en cada piso.
Dit verschijnen en verdwijnen herhaalde zich op elke
verdieping.
Pero al final casi habían llegado al fondo.
Maar uiteindelijk waren ze bijna tot de bodem
doorgedrongen.
Cuanto más avanzaban, más aburridos parecían.
Hoe verder ze gingen, hoe minder interessant ze werden.
Todos regresaron a casa, como si se sintieran aliviados.
Iedereen keerde opgelucht terug naar huis.
Decidieron aprovechar el día para descansar y salir a pasear.
Ze besloten de dag te gebruiken om uit te rusten en een
wandeling te maken.
Sentían que merecían este descanso de su trabajo.
Ze vonden dat ze deze pauze van hun werk verdiend hadden.
No sólo merecían este descanso, sino que lo necesitaban.
Niet alleen verdienden ze deze pauze, ze hadden hem ook
nodig.
Se sentaron a la mesa para escribir cartas de disculpas.
Ze gingen aan tafel zitten om verontschuldigingsbrieven te
schrijven.
**El señor Samsa escribió una carta de disculpas a su
dirección.**
De heer Samsa schreef een verontschuldigingsbrief aan zijn
management.
La señora Samsa escribió su carta de disculpas a sus clientes.
Mevrouw Samsa schreef haar verontschuldigingsbrief aan
haar cliënten.
Y Grete escribió su carta de disculpa a su director.
En Grete schreef een verontschuldigingsbrief aan haar
schoolhoofd.
Mientras todos escribían, la criada llegó a la habitación.
Terwijl ze allemaal aan het schrijven waren, kwam de
dienstmeid de kamer binnen.
**Su trabajo de la mañana había terminado, por lo que se
dirigía a casa.**
Haar ochtendwerk zat erop, dus ze ging naar huis.

Los tres escritores asintieron al principio, sin levantar la vista.

De drie schrijvers knikten eerst, zonder op te kijken.

Pero la criada no parecía querer irse todavía.

Maar de dienstmeid leek nog niet weg te willen gaan.

Esperó un poco, hasta que los tres escritores levantaron la vista.

Ze wachtte even, tot de drie schrijvers opkeken.

"¿Y bien?" preguntó el señor Samsa, enojado como los demás.

'Nou?' vroeg meneer Samsa, boos, net als de anderen.

La criada estaba parada en la puerta con una sonrisa en su rostro.

De dienstmeid stond met een glimlach op haar gezicht in de deuropening.

Dio la impresión de tener buenas noticias que informar.

Ze gaf de indruk goed nieuws te hebben.

Pero ella no iba a compartir la noticia a menos que se lo pidieran.

Maar ze was niet van plan het nieuws te delen, tenzij erom gevraagd werd.

La pluma de avestruz erguida sobre su sombrero se balanceaba ligeramente.

De rechtopstaande struisveren op haar hoed wiegden lichtjes heen en weer.

Aquella pluma de avestruz siempre había molestado al señor Samsa.

Die struisvogelveer had meneer Samsa altijd al geërgerd.

—Entonces, ¿qué quieres? —preguntó la señora Samsa con firmeza.

'Dus, wat wilt u dan?' vroeg mevrouw Samsa vastberaden.

La criada todavía tenía mucho respeto por la señora Samsa.

De dienstmeid had nog steeds veel respect voor mevrouw Samsa.

"Sí", respondió ella y soltó una carcajada amistosa.

"Ja", antwoordde ze, en ze barstte in een vriendelijke lach uit.

Por un momento su risa le impidió hablar.

Haar gelach belette haar even te spreken.

"No tienes que preocuparte por esa cosa de al lado".

"Je hoeft je geen zorgen te maken over dat ding van de buren."

"Ya he decidido cómo nos desharemos de él".

"Ik heb al geregeld hoe we er vanaf komen."

La señora Samsa y Grete continuaron escribiendo sus cartas.

Mevrouw Samsa en Grete bleven hun brieven schrijven.

Pero el señor Samsa se dio cuenta de que la criada aún no había terminado.

Maar meneer Samsa merkte dat de dienstmeid nog niet klaar was.

Ahora quería describir todo con más detalle.

Nu wilde ze alles in meer detail beschrijven.

Pero él extendió su mano para rechazar sus esfuerzos.

Maar hij stak zijn hand uit om haar pogingen af te wijzen.

Se dio cuenta de que no estaban interesados en sus planes.

Ze besefte dat ze niet geïnteresseerd waren in haar plannen.

Y entonces recordó la gran prisa en la que había estado.

En toen herinnerde ze zich de enorme haast die ze had gehad.

"Ciao entonces", dijo ella, insultada por la falta de interés.

'Tot ziens dan,' zei ze, beledigd door het gebrek aan interesse.

Pero antes de irse cerró la puerta de un golpe terriblemente fuerte.

Maar voordat ze wegging, sloeg ze de deur met een enorme klap dicht.

"La despedirán esta noche", dijo el señor Samsa.

"Ze wordt vanavond ontslagen," zei meneer Samsa.

Pero su esposa y su hija estaban demasiado ocupadas para responderle.

Maar zijn vrouw en dochter hadden het te druk om hem te antwoorden.

Porque la criada había perturbado la paz recién adquirida.

Omdat de dienstmeid hun pas verworven rust had verstoord.

La madre y la hija se levantaron para ir a la ventana.

De moeder en de dochter stonden op om naar het raam te gaan.

Y abrazados se quedaron allí.

En ze bleven daar, met hun armen om elkaar heen geslagen.
El señor Samsa se giró en su silla para mirarlos.
Meneer Samsa draaide zich in zijn stoel om om naar hen te kijken.
Y por un rato los observó en silencio mientras estaban allí de pie.
En een tijdlang keek hij hen zwijgend aan terwijl ze daar stonden.
Finalmente les gritó: "¿Queréis venir a mí?"
Ten slotte riep hij hen toe: "Willen jullie naar mij toe komen?"
"Olvidémonos de todas esas cosas viejas, ¿de acuerdo?"
"Laten we al die oude dingen maar vergeten, oké?"
"Ven a mí y dame un poco de tu atención."
"Kom naar me toe en geef me wat van je aandacht."
Las dos mujeres hicieron lo que él les dijo y corrieron hacia él.
De twee vrouwen deden wat hij zei en renden naar hem toe.
Le dieron un abrazo cariñoso y le besaron.
Ze gaven hem een hartelijke knuffel en een kus.
Regresaron rápidamente para terminar de escribir sus cartas.
Ze keerden snel terug om hun brieven af te schrijven.
Luego los tres abandonaron el apartamento juntos.
Vervolgens verlieten ze alle drie samen het appartement.
No habían salido juntos de casa desde hacía meses.
Ze waren al maanden niet meer samen het huis uit geweest.
Y tomaron el tranvía hasta las afueras de la ciudad.
En ze namen de tram naar de buitenwijken van de stad.
Tenían todo el vagón del tranvía para ellos solos.
Ze hadden de hele tramwagon voor zichzelf.
La luz del sol entraba a raudales por la ventana desde el exterior.
Het zonlicht stroomde door het raam naar binnen.
La familia se reclinó cómodamente en sus asientos.
De familie leunde comfortabel achterover in hun stoelen.
Y discutieron las perspectivas para su futuro.
En ze bespraken de vooruitzichten voor hun toekomst.
Al examinarlos más de cerca, sus perspectivas no eran malas.

Bij nader onderzoek bleken hun vooruitzichten niet slecht.
Los tres tenían trabajos con potencial para ganar más.
Alle drie hadden banen met de mogelijkheid om meer te verdienen.
Nunca se habían preguntado sobre su trabajo.
Ze hadden elkaar nog nooit vragen gesteld over hun werk.
Pero ahora finalmente tenían tiempo para discutir esas cosas.
Maar nu hadden ze eindelijk tijd om zulke dingen te bespreken.
También tenían la opción de mudarse a un apartamento más pequeño.
Ze hadden ook de mogelijkheid om naar een kleiner appartement te verhuizen.
Esto tendría el mayor impacto en sus vidas.
Dit zou de grootste impact op hun leven hebben.
Su apartamento actual había sido elegido por Gregor.
Hun huidige appartement was door Gregor uitgekozen.
Pero ahora podrían mudarse a algún lugar más asequible.
Maar nu zouden ze naar een meer betaalbare plek kunnen verhuizen.
Un apartamento más pequeño, pero en un lugar más práctico.
Een kleiner appartement, maar wel praktischer.
Hablar sobre el futuro hizo que Grete se sintiera nuevamente más animada.
Door over de toekomst te praten, werd Grete weer vrolijker.
El señor y la señora Samsa también notaron otros cambios en ella.
De heer en mevrouw Samsa merkten ook andere veranderingen bij haar op.
Sus mejillas se habían vuelto pálidas por todas sus preocupaciones.
Haar wangen waren bleek geworden van al haar zorgen.
Pero ahora su hija se estaba convirtiendo en una bella dama.
Maar hun dochter ontpopte zich nu tot een ware dame.
Ahora ella realmente era una joven bien formada y hermosa.

Ze was nu echt een goed gebouwde en aantrekkelijke jonge vrouw.

Sus padres guardaron silencio y admiraron a su hija.

Haar ouders werden stil en bewonderden hun dochter.

Se miraron el uno al otro comunicándose inconscientemente.

Ze keken elkaar aan en communiceerden onbewust met elkaar.

"Pronto llegará el momento de encontrar un buen hombre para ella."

"Het is binnenkort tijd om een goede man voor haar te vinden."

El tranvía había llegado a su destino y redujo la velocidad.

De tram had zijn bestemming bereikt en minderde vaart.

Su hija pareció confirmar sus nuevos sueños.

Hun dochter leek hun nieuwe dromen te bevestigen.

Ella fue la primera en levantarse y estirar su joven cuerpo.

Zij was de eerste die opstond en haar jonge lichaam strekte.